EXXON ✦ ÉRATION

Couverture
- Maquette:
  ANDRÉ DURANCEAU

- Illustration:
  JACK TREMBLAY

Maquette intérieure
- Conception graphique:
  ANDRÉ DURANCEAU

DISTRIBUTEURS EXCLUSIFS:
- Pour le Canada
  AGENCE DE DISTRIBUTION POPULAIRE INC.,*
  955, rue Amherst, Montréal H2L 3K4, (514/523-1182)
  * Filiale du groupe Sogides Ltée

- Pour l'Europe (Belgique, France, Portugal, Suisse,
  Yougoslavie et pays de l'Est)
  VANDER S.A. Muntstraat, 10 — 3000 Louvain, Belgique
  tél.: 016/220421 (3 lignes)

- Ventes aux libraires
  PARIS: 4, rue de Fleurus; tél.: 548 40 92
  BRUXELLES: 21, rue Defacqz; tél.: 538 69 73

- Pour tout autre pays
  DÉPARTEMENT INTERNATIONAL HACHETTE
  79, boul. Saint-Germain, Paris 6e, France; tél.: 325.22.11

RICHARD ROHMER

EXXON ÉRATION

Traduit de l'anglais
par Carol Dunlop-Hébert

LES ÉDITIONS DE L'HOMME*

CANADA: 955, rue Amherst, Montréal 132
EUROPE: 21, rue Defacqz — 1050 Bruxelles, Belgique

* Filiale du groupe Sogides Ltée

2

LES ÉDITIONS DE L'HOMME LTÉE

TOUS DROITS RÉSERVÉS

Copyright, Ottawa, 1974

Bibliothèque nationale du Québec
Dépôt légal — 4e trimestre 1974

ISBN-0-7759-0438-4

Les 6 et 7 octobre 1980

Le matin du lundi 6 octobre 1980, le Président des Etats-Unis d'Amérique — un Texan coriace qui menait une lutte électorale serrée en vue des élections du mois suivant — avait téléphoné au nouveau Premier ministre du Canada, Robert Porter, afin de lui communiquer un ensemble d'exigences aussi draconiennes qu'inattendues concernant l'accès des Américains au gaz naturel de l'Arctique canadien.

En résumé, le Président avait signifié un ultimatum au Premier ministre.

Après avoir expliqué que la pénurie de gaz naturel avait amené les Etats-Unis au bord de la catastrophe nationale, le Président avait exigé trois engagements inconditionnels du Parlement canadien. Premièrement, le Canada devait s'engager à reconnaître les droits des peuples indigènes du Yukon et des Territoires du Nord-Ouest qui retardaient par leurs actes de sabotage la construction des pipe-lines. L'accord devait se modeler sur celui que les Américains avaient conclu avec les peuples indigènes de l'Alaska.

Deuxièmement, le Canada devait s'engager à accorder aux Etats-Unis le libre accès à tout le gaz naturel des îles arctiques canadiennes, sans tenir compte des besoins futurs du Canada.

Et enfin, le Président avait exigé que le Canada s'engage à permettre aux Etats-Unis de créer un système de transport adéquat pour acheminer le plus rapidement possible le gaz vers les Etats-Unis.

— Je veux ces engagements à 18 heures demain au plus tard, avait expliqué le Président, et il faut qu'ils soient émis par le Parlement canadien, non pas simplement par le gouvernement.

Le Premier ministre avait agi rapidement. Le Parlement s'était réuni en session d'urgence et, dès 17 heures le 7 octobre, la Chambre des communes et le Sénat avaient rejeté, par vote unanime, l'utimatum qu'ils avaient remplacé par une résolution de conciliation exprimant leur volonté de négocier avec les indigènes du Yukon et des Territoires du Nord-Ouest, ainsi qu'avec le gouvernement des Etats-Unis en tenant compte des besoins futurs du Canada.

A 17h25 le 7 octobre 1980, un peu plus de trente minutes avant l'expiration du délai prévu, le Premier ministre avait officiellement transmis la décision du Parlement au Président. Ce dernier, de son côté, avait refusé de dévoiler au Premier ministre les démarches qu'il comptait entreprendre. Il faudrait, avait dit le Président, que le chef d'Etat canadien patiente jusqu'à 18h30, heure à laquelle il informerait le peuple américain de la réponse du Parlement canadien et de la ligne de conduite que les Etats-Unis adopteraient en conséquence.

Le Premier ministre s'était ensuite rendu à Rideau Hall pour attendre l'heure de l'allocution télévisée du Président, en compagnie de son ami et conseiller de longue date, le Gouverneur général Alexandre Sinclair.

C'est en proie à une anxiété croissante que les deux hommes avaient regardé et écouté le discours du Président. Avant de conclure, celui-ci avait expliqué qu'il ne voulait pas que le peuple canadien souffrît des conséquences logiques de la décision égoïste prise par son gouvernement, et qu'il souhaitait éviter la confrontation qui découlerait de la mise en vigueur de sanctions et de contre-sanctions économiques.

— A partir de maintenant, avait-il poursuivi, le Canada deviendra partie intégrante des Etats-Unis d'Amérique.

Il avait prononcé la dissolution du Parlement canadien et annoncé que les provinces devenaient immédiatement des Etats de l'Union. Après avoir expliqué qu'il avait dépêché des avions de transport et des hélicoptères de l'armée de l'air américaine vers toutes les villes importantes et toutes les bases des Forces armées canadiennes pour que l'annexion se fasse sans heurts, il avait généreusement conféré aux citoyens canadiens la citoyenneté « du plus fier, du meilleur, du plus grand pays au monde ».

Le Gouverneur général et le Premier ministre, stupéfaits, avaient écouté l'allocution en silence. Puis le Gouverneur général, en soupirant, s'était penché pour toucher légèrement Porter au bras.

— Eh bien, Bob, il semble que nous n'avons aucun choix. Nous avons lutté pour notre indépendance aussi longtemps que possible, mais cela ne pouvait durer. Le dernier acte que je dois accomplir en ma qualité de Gouverneur général, est de me conformer aux instructions du Président.

Ottawa /
mardi le 7 octobre 1980, 18h38

Le Premier ministre bondit de son fauteuil.

— Non! Nom de Dieu, Alexandre, ce n'est pas encore aujourd'hui que nous allons nous rendre, loin de là!

Il alla prestement au téléphone qui sonnait déjà. Avant de décrocher le récepteur, il se tourna vers le Gouverneur général.

— Nous pensions bien que c'était ce qu'ils feraient s'ils décidaient d'entreprendre une action militaire: nous les attendons.

Sans laisser au Gouverneur général le temps d'exprimer son étonnement, Porter décrocha le téléphone.

— Ici Porter.

Le général Adamson, chef d'état-major de la Défense, était à l'autre bout du fil.

— Monsieur le Premier ministre, les Américains amorcent leur descente. Les premiers avions effectuent leur approche finale à travers tout le pays — à Dorval, Toronto, Vancouver, Edmonton, Halifax — ils n'ont rien oublié.

La réponse du Premier ministre fut immédiate.

— D'accord, Adamson — déclenchez l'opération Accueil.

Toronto /
mardi le 7 octobre 1980, 17h15

Le colonel Pierre de Gaspé, commandant de la Réserve canadienne de l'armée de terre de la région de Toronto, tendit immédiatement la main vers le téléphone quand celui-ci se mit enfin à sonner dans son bureau à l'Arsenal de Fort York.

— Ici de Gaspé.

Comme il s'y attendait, c'était le commandant en chef des Forces mobiles, Christie, qui téléphonait de la base des Forces armées canadiennes, à Saint-Hubert, au Québec.

— Pierre, ici Christie. Telle que projetée, l'opération Accueil entre en vigueur immédiatement. Le Parlement vient de rejeter l'ultimatum américain — Dieu sait ce qui va se passer maintenant. J'espère que l'opération Accueil ne sera qu'un exercice théorique pour tout le monde.

— Je le souhaite aussi, mon commandant. Mais je peux vous dire que la réponse des réservistes de la région de Toronto a été formidable. Tous les hommes et femmes capables de se déplacer se sont présentés ici, et les troupes anglaises sont tout aussi montées que nous.

— Cela ne m'étonne pas, répondit Christie. Comme vous le savez, le Premier ministre doit informer le Président de la décision du Parlement avant 18 heures. Si les Américains décident d'engager une action militaire, nous estimons qu'elle débutera au cours de la soirée. Je n'arrive pas à croire qu'ils prendraient les armes contre nous — mais on ne sait jamais. Le Premier ministre et le chef d'état-major croient tous les deux fermement que les Américains opteront pour des sanctions économiques, mais il nous faut quand même être préparés à parer une attaque possible. Il est maintenant 17h15. Où en est votre déploiement?

— Nous sommes prêts, mon commandant, répondit immédiatement de Gaspé. Nos hommes sont en place à l'aéroport depuis 16h30. Nous avons déplacé nos jeeps et nos fourgons individuellement plutôt qu'en convoi pour éviter de susciter la panique chez les civils. Mes artilleurs ont bien choisi les emplacements pour dissimuler leur artillerie autour du terrain d'aviation, et ceux des missiles sol-air sont disposés de telle sorte qu'ils puissent bien viser les avions au sol ou dans l'air. Tout est en place et mon hélicoptère m'attend de l'autre côté de la rue.

— Du beau travail, Pierre. Notre réseau de communications est maintenant établi et nous pourrons garder le contact en tout temps. S'il y a des décisions à prendre, vous pouvez m'atteindre immédiatement. Maintenant, allez-y.

— Bien, mon commandant.

Pierre de Gaspé reposa le récepteur. L'atterrante séance d'information à laquelle il avait assisté le matin même en compagnie des commandants de division venus de tous les coins du pays à la suite de l'appel urgent du chef d'état-major, occupa de nouveau son esprit.

En tant que commandant des Réserves de la région de Toronto, le colonel de Gaspé avait assumé la veille le commandement actif de sa division à temps plein, dès l'annonce de l'ultimatum américain. Avant même que le quartier général de la Défense nationale eût lancé l'ordre de mobilisation, de Gaspé avait quitté son bureau luxueux dans le nouveau complexe Centre-Métro. Président de Pétro-Canada dans la vie civile et l'un des cadres canadiens de l'industrie pétrolière les mieux renseignés sur les problèmes de l'énergie, il s'attendait depuis un certain temps déjà, en constatant que la pénurie de gaz naturel devenait critique, à ce que les Etats-Unis lancent un ultimatum au Canada. Maintenant, il voyait ses craintes se réaliser . . . mais personne n'aurait deviné que les Etats-Unis, entre tous les pays, agiraient avec une témérité aussi ahurissante.

La séance d'information avait eu lieu à 9h15 dans une salle de conférences du quartier général de la Défense nationale. Le chef d'état-major avait pris la parole lui-même pour exposer la situation.

Toute la salle s'était levée quand le général Adamson, un homme à l'allure sportive, de taille moyenne, était entré dans la salle. Allant jusqu'à l'écran de projection, il avait posé ses feuilles de notes sur le lutrin et demandé à l'assistance de se rasseoir.

Il avait jeté un coup d'oeil autour de la salle remplie d'officiers supérieurs des forces armées régulières et de réserve venus dans la nuit de tous les coins du pays, avant d'en venir directement au but de la réunion.

— Messieurs, comme vous le savez tous, le Président des Etats-Unis a adressé un ultimatum en trois parties au Premier ministre du Canada. Le Parlement doit répondre à l'ultimatum avant 18 heures aujourd'hui.

« Peu avant midi, hier, le Premier ministre m'a ordonné d'appeler les réserves et de mobiliser toutes les
Forces armées canadiennes. Cela a été fait, comme en
témoigne la présence ici des commandants des divisions
de réserve de toutes les villes importantes du Canada, et
des commandants des réserves de l'air et de la marine.

« Le gouvernement effectue cette mobilisation pour
deux raisons. Premièrement, en cas de manifestations
violentes de caractère anti-américain, les militaires doivent se tenir disponibles afin de venir en aide aux pouvoirs civils et à la police. En même temps, le Gouvernement tient à ce que le public ignore la présence militaire, à moins ou jusqu'à ce qu'il soit absolument nécessaire de l'en informer. Par conséquent, je vous ai tous
signalé déjà, et je le répète maintenant, que toutes les
troupes doivent demeurer à l'intérieur des arsenaux ou
casernes locaux. Elles ne doivent pas en sortir, à moins
d'en recevoir l'ordre exprès.

« Deuxièmement, et c'est le plus important: le Premier ministre m'a fait savoir que les Forces armées canadiennes doivent se préparer à contrer toute attaque que
les Etats-Unis pourraient entreprendre contre le Canada,
dans le cas où le Parlement rejeterait l'ultimatum.

Cette remarque avait provoqué un râclement de
pieds et une vague de commentaires chuchotés, tandis
que bien des membres de l'auditoire avaient levé rapidement les yeux vers le plafond.

Le général Adamson s'était attendu à une telle réaction; il avait laissé passer la première surprise et attendu

que les gens se calment, en passant une main dans son épaisse chevelure grisonnante. Ensuite, plaçant fermement ses mains de part et d'autre du lutrin, il avait poursuivi:

— Messieurs, permettez-moi de vous dire ceci: notre Premier ministre est un vrai dur à cuire. Les instructions qu'il m'a données sont très simples: les Américains ne pourront en aucune façon s'emparer du Canada sans y livrer une bataille du tonnerre!

La salle avait tremblé sous les applaudissements spontanés. Le chef d'état-major, le visage rayonnant de plaisir, avait repris.

— D'après le Premier ministre, si nous rejettons l'ultimatum, il est fort probable que les Américains aient recours aux sanctions économiques plutôt qu'à l'intervention militaire. Mais, par ailleurs, les Américains considèrent probablement que nos ressources naturelles leur reviennent de droit. Ils y ont investi leur argent. Ils nous voient comme un peuple sans caractère et sans visage, et notre pays n'est, à leurs yeux, qu'une colonie des Etats-Unis. Ils peuvent bien se dire: "Pourquoi ne pas s'emparer tout simplement du Canada? Après tout, il ne compte que 50,000 militaires dans les forces armées régulières, et 35,000 réservistes." Des miettes, comparées à la vaste machine militaire américaine. Nous avons, en tout et pour tout, cinq escadrilles de combat; pas un bombardier, aucune roquette, pas de missiles balistiques, pas d'armes atomiques, rien. Une armée de fête foraine. Du moins c'est ainsi qu'ils nous voient.

« Examinons maintenant les faits. Notre force régulière est beaucoup trop petite. Notre équipement — avions, chars, artillerie, armes antichars et anti-aériennes — est à peu près le dixième de ce qu'il devrait être. La conjoncture est ce qu'elle est parce que le peuple canadien et ses chefs ont décidé, il y a longtemps déjà, qu'il en serait ainsi et que les dépenses militaires seraient réduites et ensuite maintenues à un strict minimum.

« Au début des années 70, il n'y avait presque plus de menace de guerre, du moins entre les grandes puissances. Les membres du Gouvernement n'avaient aucune formation militaire et ignoraient tout des sciences de la guerre. Ils se préoccupaient surtout des problèmes sociaux et culturels. Ils avaient peu de temps et peu d'argent à consacrer aux choses militaires. Ils en avaient par-dessus la tête de l'affaire du Vietnam et de ce qu'ils y voyaient, même si c'était l'affaire des Américains.

« Eh bien, le résultat en est que si nous devons tenir tête aux Américains, il faut le faire avec peu d'atouts en main. *Très* peu, en fait.

Il avait passé de nouveau sa main dans ses cheveux.

— Maintenant, le fait que nous sommes mal équipés, et que les Américains le savent, est à la base de la stratégie et des tactiques que nous emploierons s'il faut faire face à cette menace. Et laissez-moi vous dire, Messieurs, que mon opinion réfléchie de militaire est que les Américains vont mordre à l'hameçon et essayer de s'emparer du Canada.

Le chef d'état-major avait indiqué d'un geste les généraux assis à sa gauche et à sa droite.

— Tous les membres de l'état-major et moi-même avons débattu cette question sous tous les angles. Nous croyons que les Américains se diront en nous regardant: "C'est impensable que ces gens-là songent seulement à résister. Ils n'ont pas de quoi se battre, ils ne sont qu'un peuple mou, protégé par une force militaire digne d'une république de bananes. Si nous leur disons de déposer leurs armes, ils le feront. Alors ce n'est pas la peine d'envoyer des bombardiers ou des avions de combat pour leur faire plier l'échine, ni de bombarder leurs villes. De plus, si nous bombardons ou effectuons des tirs d'artillerie, nous risquons de détruire en même temps des usines, des bureaux, des raffineries et d'autres industries dont les propriétaires sont américains. Il suffira donc d'annoncer notre vue aux Canadiens, et d'y aller sans plus de cérémonie."

« En fait, depuis douze heures maintenant, nous renforçons cette image auprès des Américains, pour qu'ils croient que nous ne sommes que des pantins. S'ils soupçonnaient une seconde que nous allions résister, leur stratégie et leurs tactiques seraient tout autres.

« Voici notre analyse de la situation. Si les Américains nous attaquent en force avec des avions de combat, des bombardiers et des troupes qui tirent de la hanche, nous serons vraiment dans le pétrin parce que nous n'avons pas les moyens d'y résister. Par ailleurs, s'ils songent à leur image dans le monde — et Dieu seul sait s'ils y songent ou non — et s'ils croient que nous n'oserions opposer la moindre résistance, s'ils sont convaincus que nous leur permettrons de s'emparer du pays sans coup férir, alors nous avons une chance de les prendre les culottes baissées.

« Ainsi, nous avons bâti notre plan d'opération, l' " opération Accueil", sur la supposition que les Américains croiront pouvoir arriver comme des touristes, à pied, en voiture ou en avion, partout au Canada.

« Si nos prévisions sont justes, comment procéderont-ils?

« Premièrement, ils monteront une attaque aérienne pour faire entrer leurs troupes au pays; ils utiliseront sans doute des "Starlifter", des "Hercules" et d'autres grands avions de transport de troupes, y compris des hélicoptères. Ils atterriront sur tous les aérodromes importants au Canada, militaires et civils, et ils ne s'attendront pas à ce qu'on leur oppose la moindre résistance. Ils penseront, par ailleurs, nous prendre par surprise.

« Deuxièmement, il n'y aura ni bombardement ni tir d'artillerie, parce que le risque d'endommager par la même occasion des investissements américains, ou de blesser ou tuer des Américains domiciliés au Canada ou en vacances dans notre pays, est trop grand.

« Troisièmement, il n'y aura pas d'attaque d'avantgarde de parachutistes, car les politiciens jugeront un tel effort superflu et inutile, même si le Pentagone est en faveur d'une telle mesure de précaution.

« Quatrièmement, des troupes de terre, des convois militaires et des chars tenteront en même temps de traverser la frontière par la route.

« Messieurs, si j'étais le chef suprême des armées américaines, c'est ainsi que je concevrais l'invasion.

« Une copie du mémorandum de combat de l'opération Accueil sera maintenant distribuée à chacun de vous. La première chose que vous remarquerez est que j'ai décidé de laisser le commandement des réserves de Montréal, de Toronto et de Winnipeg entre les mains des commandants de réserve. Nous n'avons pas le temps d'y affecter des officiers des forces régulières. Les commandants de division se rapporteront directement au commandant en chef des forces mobiles.

Il avait désigné de la main le commandant en chef Christie, un homme costaud aux cheveux noirs assis à sa gauche.

— En lisant le mémorandum, vous pouvez y ajouter le fait que 1,200 soldats britanniques — 2 bataillons — de la 15e parabrigade arriveront tôt cet après-midi du Royaume-Uni, suite à des accords conclus hier soir entre notre Premier ministre et le Premier ministre de l'Angleterre. Les troupes seront affectées aux bases des Forces armées canadiennes à Saint-Hubert, au sud-est de Montréal, à Downsview, à Toronto et à London, en Ontario. Quelques-unes seront affectées au secteur Windsor. Elles seront sous les ordres des commandants de division locaux.

« Passons maintenant aux mécanismes opérationnels de l'opération Accueil.

Pierre Thomas de Gaspé

Le colonel Pierre Thomas de Gaspé, président de Pétro-Canada dans la vie civile, était un homme de grande taille au sourire facile. De forte prestance, il semblait fait pour assumer les énormes responsabilités que comportait le poste de commandant militaire dans une situation critique.

Le père de Pierre, Simon de Gaspé, avait été un avocat montréalais prospère. Il était mort pour la patrie sur une plage de Dieppe en 1942, peu de temps après la naissance de son fils. La mère du colonel, issue d'une riche et influente famille de London, en Ontario, les Thomas, était une petite femme dont la délicatesse masquait une volonté de fer.

Pierre ne connut jamais son père, mais les goûts et les aspirations de celui-ci avaient été des facteurs déterminants de son éducation. Jusqu'à son deuxième mariage en 1952, Mme de Gaspé avait habité Montréal où le jeune Pierre avait fait des études en français chez les Jésuites. Par la suite, ils avaient déménagé à Toronto, où Pierre avait poursuivi ses études secondaires avec les Pères Basiliens au collège Saint Michael's. Comme il avait été élevé simultanément en anglais et en français, son esprit était imprégné des deux langues et cultures qui sont à l'origine même du Canada.

A la fin de ses études secondaires, il était entré au Collège militaire de Kingston où il avait obtenu un diplôme d'ingénieur, avant de poursuivre ses études en économie à l'Université Queen's au niveau de la maî-

trise. Il avait attiré l'attention des cercles pétroliers canadiens lors de la présentation, en 1963, de sa thèse intitulée: « Les perspectives commerciales du Canada lors
de la crise mondiale de l'énergie qui aura lieu vers la fin
des années 70 ». Le doyen de la faculté d'Economie —
qui ne pouvait croire à la possibilité même d'une crise
mondiale de l'énergie, et encore moins que le Canada
pouvait en être affecté — avait été ébranlé et tellement
impressionné par l'intelligence de de Gaspé qu'il avait
envoyé le travail de Pierre au rédacteur en chef des pages économiques du *Globe and Mail* de Toronto. Une
grande partie de la thèse y avait paru en feuilleton et
avait suscité d'innombrables discussions au sein de l'industrie canadienne du pétrole et du gaz. Mais ce n'avait
été qu'un début.

De Gaspé avait fait ses études de doctorat à Harvard,
où il avait rédigé une thèse intitulée:« De la vulnérabilité
des Etats-Unis en matière de combustibles fossiles et de
l'urgence d'instaurer un programme d'autonomie énergétique », travail qui avait été repris en partie dans
l'édition du dimanche du *New York Times*. La publication de son travail dans ce journal de prestige avait
établi définitivement la réputation de de Gaspé.

Etudiant remarquable, de Gaspé avait été sollicité
par de nombreuses compagnies pétrolières à la fin de
ses études. Après avoir hésité entre la possibilité de les
poursuivre (en droit, cette fois-ci) et celle d'entrer tout
de suite sur le marché du travail, il avait opté pour celle-
ci et accepté un poste à la Standard Oil, à la section de
planification corporative, comme économiste. Au siège

social de la compagnie à New York, il avait passé un an à examiner, scruter, prévoir, analyser, et surtout à apprendre tous les rouages du pouvoir mondial et complexe que les cadres les plus haut placés tenaient entre leurs mains. Un de ces derniers, d'ailleurs, le premier vice-président George Shaw et sa femme Janet, tous les deux d'origine canadienne, avaient pris le jeune homme sous leur protection, et en très peu de temps il était devenu un membre à part entière de la « famille » des cadres. Au bout de quelques mois seulement, ses qualités exceptionnelles lui avaient valu une promotion et le respect de tous ses collègues.

Malgré ses perspectives d'avenir à Standard Oil, de Gaspé avait quitté la compagnie moins d'un an après y avoir fait ses débuts pour poursuivre des études en droit à l'Université McGill. Pendant trois ans, il avait étudié le droit commun et le code civil, en anglais mais aussi en français, puisqu'il avait suivi certains cours à l'Université de Montréal. Il s'était classé premier de sa promotion et, à la fin du cours intensif, il avait mérité la médaille d'or de l'excellence.

Pendant ces trois ans d'études, il avait travaillé durant l'été au département de planification économique de l'Imperial Oil, la filiale canadienne de la Standard Oil of New Jersey, à Toronto. Il avait ainsi tenu à jour ses connaissances de la situation du pétrole et du gaz dans le monde. Il avait aussi continué à attirer l'attention du public en écrivant des articles tranchants et décisifs dont la publication dans les revues et périodiques de l'industrie pétrolière ne passait jamais inaperçue.

Ayant complété son cours de droit et ayant été admis au Barreau de l'Ontario en 1972, Pierre avait reçu de nouveau de nombreuses offres de travail, dont deux seulement l'avaient intéressé. La Standard Oil of New Jersey lui offrait un emploi bien plus intéressant encore que son emploi précédent; par ailleurs, la Panarctic Oil, alors encore en voie de formation, lui offrait le poste de vice-président de la planification économique. Bien que la Panarctic offrît un salaire bien inférieur à celui qu'offrait l'Imperial, de Gaspé avait accepté l'offre d'emploi de la compagnie canadienne, emballé par l'avenir de la Panarctic dans les îles de l'Arctique canadien et par son avenir potentiel de compagnie pétrolière nationale. Il entra donc au siège social de la compagnie à Calgary en 1969.

C'est dans cette ville que Pierre avait rencontré et courtisé Ann Samson. Menue, vivace et docteur en médecine, celle-ci finissait alors son internat à l'Hôpital général de Calgary. Ils s'étaient mariés en 1970 et avaient eu un fils, Mark, en 1971. George Shaw, de l'Exxon, venu à Calgary pour parrainer l'enfant, avait pu fêter un autre événement avec eux par la même occasion: Pierre avait alors été nommé premier vice-président de la Panarctic, avec une impressionnante augmentation de salaire.

Au milieu des années 70, de Gaspé s'était trouvé au centre du débat controversé et toujours plus important qui opposait le gouvernement fédéral au gouvernement de l'Alberta. Il avait été envoyé à Ottawa pour six mois, au cours de l'hiver 74-75, pour prendre la direction de l'équipe chargée d'établir les règlements et la procédure d'une conférence permanente entre le gouvernement fédéral et les provinces qui produisaient et exportaient du pétrole.

Au début de 74, de Gaspé avait jeté sur papier l'ébauche du projet, « Pour une politique nationale canadienne de l'énergie », où il exposait les modalités de réalisation d'une telle politique et l'idée qu'il se faisait de l'éventuelle Corporation canadienne de l'énergie.

Plus tard dans l'année, le Premier ministre alors en fonction avait lu les notes de de Gaspé, et les Premiers ministres des provinces productrices de gaz et de pétrole de l'Ouest avaient décidé, avec le Premier ministre canadien, de les utiliser comme point de départ des débats du congrès.

La réunion au sommet sur l'énergie nationale qui eut lieu à Winnipeg, au printemps 75, avait duré cinq semaines, jusqu'à ce que tous les points majeurs eussent été résolus et que de nouveaux règlements eussent été établis (accords qui seront encore en vigueur en 1980).

Immédiatement après le congrès, le gouvernement fédéral avait créé la Corporation canadienne de l'énergie qu'il avait baptisé Pétro-Canada. La corporation avait assumé la responsabilité des intérêts du Gouvernement dans la Panarctic, avec tout son personnel expérimenté, tous ses puits de forage, ses droits d'exploration et tout le savoir-faire accumulé. De Gaspé avait constaté avec satisfaction que l'on donnait suite à sa demande, mais ce nom de Pétro-Canada, qu'il détestait, l'avait consterné.

Le président de la Panarctic avait couvé la compagnie depuis ses débuts. On jugeait en général qu'il y avait accompli un travail excellent, mais il avait senti que le temps était venu de faire des changements. Il avait hâte de se reposer des lourdes responsabilités et des déplacements constants qu'il trouvait de plus en plus exténuants.

Aussi, quand on avait fondé Pétro-Canada, Pierre Thomas de Gaspé avait été nommé président de la compagnie; l'action titulaire de la Panarctic avait accepté le poste de président du conseil d'administration. Le siège social de Pétro-Canada avait été provisoirement établi à Toronto.

Dès son retour à Toronto, de Gaspé, à titre de président de Pétro-Canada, avait dû consacrer deux fois plus de temps qu'auparavant à son travail. Il s'était jeté corps et âme dans la mise sur pied et l'élaboration de la nouvelle corporation. Pendant les cinq ans qui avaient suivi, il avait beaucoup voyagé aux Etats-Unis, au Canada, en Europe et au Moyen-Orient, toujours dans le but de promouvoir les intérêts de Pétro-Canada. Ann, son épouse, avait souffert de ce que son travail avait obligé Pierre à consacrer de moins en moins de temps à sa famille; elle s'était mise à se plaindre amèrement de ses absences, de son détachement. Femme volontaire, elle avait également connu, à cette époque, de la difficulté à retrouver sa propre identité. Elle avait commencé à passer de plus en plus de temps chez sa mère à London, en Ontario.

28

Les rapports entre Ann et Pierre étaient devenus, à l'été 80, distants, malaisés et malheureux. Sans consulter son époux, Ann avait fait des démarches pour reprendre la pratique de la médecine. Elle devait s'associer avec un jeune médecin qu'elle avait connu lors de son internat à Calgary, le docteur Rease. Quand de Gaspé avait appris les intentions de sa femme, il avait été furieux, mais il n'avait rien pu faire. La situation s'était encore aggravée quand il avait fait la connaissance de l'associé d'Ann; celui-ci était beau, élégant et célibataire.

Nonobstant ses problèmes matrimoniaux, les remarquables aptitudes d'organisation et de leadership de de Gaspé et son intelligence exceptionnelle avaient rendu de fiers services à Pétro-Canada, qui était maintenant devenue une entreprise mi-privée mi-gouvernementale en pleine expansion. De Gaspé avait rapidement élargi les bases de la Corporation, pour en faire la compagnie pétrolière nationale dont il rêvait depuis longtemps.

A l'automne 1980, de Gaspé n'avait pas encore réussi à étendre les activités de Pétro-Canada au raffinement du pétrole brut ni à la distribution, en gros et au détail, de l'essence, du mazout et d'autres produits pétroliers. Cela représentait à la fois la source d'une frustration énorme et une motivation toujours plus forte, car c'était un des objectifs les plus importants de de Gaspé.

Au cours de ce même automne, Pierre de Gaspé fut promu au grade le plus élevé de sa carrière militaire, quand il se vit nommer commandant en chef des Réserves des forces armées canadiennes de la région de Toronto.

En revenant de Calgary à Toronto avec sa famille en 1975, de Gaspé avait accepté l'invitation de réintégrer son ancienne unité de réserve, les Queen's York Rangers (premier régiment américain), avec le statut de commandant en second et le grade de major.

De Gaspé aimait beaucoup ce passe-temps militaire. Il y trouvait une détente récréative dont il avait le plus grand besoin. En même temps, cet homme dont le sens du devoir était ancré au plus profond de lui-même par son héritage et son éducation, y trouvait la satisfaction de servir son pays. En 1976, il devint premier commandant du régiment et fut promu au grade de lieutenant-colonel, obtenant en 79 le grade de colonel pour assumer le poste de commandant en chef de la région de Toronto, avec sous ses ordres tous les régiments et autres unités de la réserve de la région.

Ainsi, le jour où le Président des Etats-Unis adressa l'ultimatum au nouveau Premier ministre du Canada, Pierre Thomas de Gaspé occupait deux postes, et chacun était, à ce moment-là, d'une importance incontestable pour le pays: il était président de Pétro-Canada, la compagnie même qui contrôlait ou possédait une bonne partie du gaz naturel des îles arctiques dont les Etats-Unis avaient désespérément besoin; par ailleurs, il était commandant en chef de la milice de la région de Toronto et, en tant que tel, il aurait à assumer des responsabilités militaires cruciales.

Si de Gaspé, personnage de premier plan dans l'industrie de l'énergie, était connu du public, le de Gaspé militaire, selon la tradition canadienne qui veut qu'en temps de paix la société satisfaite n'attache guère d'importance ni de prestige à l'institution militaire, sauf en cas d'urgence — ce de Gaspé-là était pratiquement inconnu.

Les choses étaient appelées à changer.

Le 6 octobre 1980, ce cas d'urgence se présenta.

Toronto /
mardi le 7 octobre 1980, 18h10

A midi, le Gouvernement canadien avait ordonné que l'on ferme la frontière canado-américaine partout où il était physiquement possible de le faire. On avait fermé les routes frontalières importantes dans les provinces de l'Ouest, les ponts à Sault-Sainte-Marie, et entre Windsor et Detroit, de même que le tunnel, ainsi que le pont de la Paix reliant Fort-Erié à Buffalo, les ponts des chutes Niagara et ceux du Saint-Laurent.

On avait placé des charges d'explosifs sous toutes ces structures, de sorte qu'il était possible de faire sauter une section du pont ou du tunnel sans le détruire totalement, au moindre signe d'une tentative de pénétration américaine.

En même temps, le ministère des Transports avait ordonné que cessât toute circulation aérienne entre les Etats-Unis et le Canada. A 18 heures, plus un avion, à l'exception des avions militaires, ne sillonnait le ciel canadien.

Les lignes téléphoniques, les télex, le télégraphe , la radio et tous les autres moyens de communication avec les Etats-Unis avaient été interrompus à 15 heures. On avait cependant bâti les réseaux de communications entre les deux pays sans envisager un seul instant un blocus éventuel, et il était très difficile de couper effectivement toute communication.

Tous les agents de la CIA œuvrant au Canada furent discrètement cueillis et conduits aux postes de police ou au quartier général de l'armée pour fins d'interrogatoire préventive.

Ainsi, au moment où la Chambre des communes entamait les dernières délibérations sur l'ultimatum, on effectuait un blocus d'urgence des communications et des transports entre les deux pays dans le cadre de l'opération Accueil.

Près des postes frontaliers le long des Grands Lacs, des troupes armées (mitraillettes, armes antichars, artillerie légère) avaient pris position aux points stratégiques qui surplombaient les voies d'accès aux ponts élevés. En temps normal, des milliers de gens, d'automobiles, d'autobus et de camions traversaient quotidiennement ces ponts qui reliaient les deux pays. Jusqu'alors, ceux-ci avaient vécu côte à côte, séparés par une seule ligne imaginaire — la ligne de démarcation non fortifiée la plus longue de l'Occident.

A l'ouest des Grands Lacs, selon le plan de l'opération Accueil, on ne devait pas protéger ainsi les postes frontaliers, mais construire plutôt de solides barrages sur chacune des grandes routes, entre la frontière et la ville canadienne la plus proche. On avait édifié ces barrages à 10 milles environ au sud de l'objectif urbain. Le chef d'état-major de la Défense avait calculé qu'il faudrait une heure et demie ou deux heures aux troupes, voitures et chars américains pour arriver aux barrages dans l'ouest. A ce moment, la phase « aéroports » de l'opération Accueil serait terminée.

La situation à l'aéroport international de Toronto était caractéristique de celle de tous les aéroports canadiens. Le trafic aérien était totalement paralysé depuis le milieu de l'après-midi, à la suite de l'ordre donné à midi par le ministère des Transports. On avait évacué tous les passagers des deux terminus; pas un piéton, pas une voiture sur les grandes pistes et les rampes entourant les édifices; seulement des avions en stationnement.

Dispersés autour du périmètre de l'aéroport, de telle sorte que les avions de reconnaissance ne pouvaient les repérer, des troupes équipées de missiles, de mitrailleuses et d'artillerie, étaient camouflées. Bien qu'invisibles, elles avaient toutes une excellente vue sur les pistes. On s'occupait en premier lieu d'installer les missiles légers antichars TOW*, les missiles « Blowpipe », des engins manuels sol-air à petite portée et les missiles « Rapier ». Ces derniers, très sophistiqués, étaient également des engins sol-air. Il fallait les installer tous de façon qu'ils puissent couvrir le mieux possible les avions au sol et dans l'air. Le succès ou l'échec de l'opération Accueil pouvait très bien ne tenir qu'à ces armes polyvalentes, si jamais les Américains passaient à l'impensable intervention militaire.

L'hélicoptère Kiowa du colonel de Gaspé se rapprocha de la tour de contrôle du côté ouest de l'aéroport international de Toronto, puis se posa doucement sur le sol. Le poste de commande du colonel était installé dans

---

* *TOW: tube-launched, optically tracked, wire guided.*

des voitures camouflées sous des filets, à l'ouest de la tour de contrôle. On avait pris soin de l'installer là où il restait invisible aux yeux de quiconque pouvait se trouver au terminus des passagers situé du côté est de l'aéroport.

Tandis que le pilote posait l'engin au sol, de Gaspé appuya sur la manette de transmission VHF du tableau de contrôle situé devant lui et parla dans le microphone attaché à son casque.

— Tour de Toronto. Ici le chef d'accueil. Over. La réponse fut immédiate.

— Chef d'Accueil, ici la tour de Toronto. Go.

— Bien. Est-ce que tout a été fait selon les instructions?

— Oui, mon commandant, tout est prêt. S'ils viennent, nous croyons qu'il attendront d'être à vingt milles d'ici pour demander l'autorisation de procéder. Je ne crois pas qu'ils demanderont l'autorisation de survol auparavant, mais nous les capterons au radar de toute façon.

— D'accord, tour de Toronto. Nous resterons à l'écoute de vos postes VHF, et nos agents de communication surveillent tous les postes militaires normaux. Nous ne croyons pas qu'ils prendront la précaution de couper nos communications — c'est fort probable qu'ils décident d'agir sans aucune couverture. Je serai auprès de vous dans quelques minutes.

— Très bien. Vos gens vous attendent ici.

Le lieutenant-colonel Peter Armstrong, un costaud, attendait le colonel à sa descente de l'hélicoptère. Armstrong, l'officier des Forces régulières affecté au service de de Gaspé, avait su conquérir toute l'estime de son supérieur depuis qu'il était entré à son service l'été précédent. De Gaspé voyait en lui un soldat extrêmement efficace. Il avait fini ses études à l'Ecole des officiers des forces armées à la tête de sa promotion, avait commandé une section du régiment canadien de l'Air, combattu en Corée et participé au contingent canadien de la paix à Chypre. De plus, Armstrong était capable de boire jusqu'à faire rouler de Gaspé lui-même sous la table, comme il l'avait prouvé plus d'une fois. La lourde figure d'Armstrong paraissait encore plus impressionnante dans sa tenue de camouflage vert foncé. Son visage, noirci au charbon, complétait le déguisement, mais de Gaspé ne put s'empêcher de trouver ce dernier détail très drôle. Répondant au salut de son aide, il lui dit:

— Bon sang, Peter, on dirait un maudit ours grizzly.

Armstrong sourit, dévoilant de grandes dents blanches.

— Merci mon commandant. Je commençais à me demander si vous alliez enfin le remarquer.

Les deux hommes se dirigèrent vers la tour de contrôle et le camion du poste de commande, situé un peu plus à l'ouest.

— Bon, Peter, je voudrais avoir un compte-rendu de la situation.

Le pilote éteignit le moteur de l'hélicoptère, et son bruit diminua derrière eux. Des soldats, qui apportaient un filet de camouflage, coururent vers l'engin.

— Oui, mon commandant, répliqua Armstrong. Tout s'annonce bien. Toutes les unités ont pris position. J'aimerais, cependant, attendre que nous soyons en haut de la tour d'où je pourrais vous montrer la position de toute l'équipe. Les commandants des régiments vous attendent là-haut. J'ai pensé que si nous étions tous réunis, je pourrais vous mettre au courant de la situation, et vous pourriez ensuite nous donner vos instructions finales.

De Gaspé monta les marches de la tour de contrôle deux par deux, suivi de près par Armstrong. Quand le colonel pénétra dans la salle de contrôle aux murs vitrés, les hommes en tenue de bataille, dont le bourdonnement avait jusqu'alors semblé emplir la pièce, se turent pour se mettre au garde-à-vous. Ceux qui portaient des casques saluèrent, et de Gaspé leur répondit.

— Merci, messieurs, dit-il. Repos.

Des yeux, il fit le tour de la salle, prenant rapidement note des hommes présents. Il y avait Holoduke, officier commandant des Queen's York Rangers; Purdy, des Fusilliers de la Reine (Queen's Own Rifles); Foy, du 48e des Highlanders; Esplen, du Régiment écossais de Toronto; et Shepherd, l'officier qui commandait le bataillon de Parabrigade d'élite affecté à Toronto. Les 315 Anglais étaient arrivés là une heure auparavant, à bord d'un « Hercules » de la Royal Air Force. Ils apportaient 36 de leurs tout nouveaux lance-missiles sol-air de haute précision, des Rapier, et une provision de plus de 500 missiles — un arsenal formidable pour contrer toute attaque aérienne.

Dans tout le Canada, il n'y avait qu'une unité mobile des Forces régulières disponible et prête au combat. Il s'agissait du Régiment aérien canadien, cantonné en Alberta, et, comme de Gaspé l'avait appris lors de la séance d'information du matin, il serait affecté exclusivement à l'ouest, vu le peu de temps dont on disposait et le fait qu'il fallait déjà éparpiller ses troupes près des barrages frontaliers et des aéroports de l'ouest. Par conséquent, toute la défense de l'est du pays incombait en fait aux réserves qui seraient secondées par les troupes anglaises.

De Gaspé se présenta au lieutenant-colonel Shepherd, commandant en chef de l'unité britannique.

— Mon colonel, je suis ravi que vous et vos hommes soyez là.

Shepherd, un petit homme trapu aux joues roses qui n'avait guère plus de trente ans, leva la tête vers le grand de Gaspé en souriant.

— Je croirais plutôt que vous vous intéressez à nos missiles Rapier, mon commandant.

De Gaspé rit de bon cœur.

— Puisque vous en parlez ... Je n'en ai jamais vus en action, mais il paraît qu'ils sont d'une précision incroyable, même quand il s'agit d'atteindre des avions supersoniques volant à pleine vitesse.

— C'est exact, mon commandant. De plus, ils ont une portée extraordinaire. Si nous voyons la cible, nous la touchons, qu'elle soit à dix milles ou à un mille.

De Gaspé était impressionné.

— Je crois que le colonel Armstrong vous a déjà mis au fait de la situation.

— Oui, mon commandant. Il m'a expliqué toute l'affaire: ce qui se tramait au Parlement, l'exposé que vous avez fait aux commandants de régiment, plus tôt cet après-midi, l'analyse de l'état-major de la Défense, la stratégie générale et les tactiques . . .

— Très bien, dit de Gaspé. Je veux maintenant dire quelques mots aux contrôleurs aériens, et ensuite nous passerons aux dernières instructions.

Il sourit de nouveau et plaça une main sur l'épaule de Shepherd.

— Croyez-moi, missiles ou pas, je suis ravi de votre présence.

Il se retourna pour se présenter aux deux contrôleurs aériens qui s'identifièrent: Ray Walnek et Tom Spence. Il était évident que de Gaspé avait affaire à deux vétérans dans le métier, qui avaient tous les deux beaucoup d'expérience. Walnek dirigeait les opérations.

— J'imagine, dit de Gaspé en faisant un geste vers les avions immobiles stationnés sur les rampes, que vous n'avez pas passé un après-midi aussi tranquille depuis votre dernière grève!

Ils rirent tous les trois.

— Je sais que le colonel Armstrong vous a déjà fait un exposé de la situation, mais j'aimerais que nous revoyions le plan ensemble puisque vous, dit-il en indiquant Walnek d'un coup de tête, et moi nous aurons à jouer les premiers rôles dans l'accueil de nos amis américains, s'ils décident de venir nous rendre visite.

Ensuite, pendant cinq minutes, de Gaspé, Walnek et Spence revirent en détail le rôle que chacun aurait à jouer si les Américains tentaient vraiment d'atterrir. Walnek expliqua le fonctionnement de l'équipement de radio VHF au moyen duquel il contrôlait la circulation aérienne à l'arrivée et au départ, et expliqua ce que de Gaspé aurait à faire tandis qu'il s'occuperait lui-même des avions américains qui arriveraient.

A son tour, de Gaspé vérifia que Walnek et Spence savaient faire fonctionner la radio et les instruments de communications militaires qu'on avait installés dans la tour.

— Comme Armstrong vous l'a dit, j'ai l'intention de me servir de la tour de contrôle comme quartier général. Vous devez comprendre que nous serons tous les trois extrêmement vulnérables, car une fois que j'aurai pris l'antenne pour donner mes instructions au pilote du premier avion américain, ils sauront que je suis ici avec vous. A moins d'avoir reçu l'ordre explicite de ne pas tirer, ils essayeront probablement de nous déloger.

Walnek et Spence se jetèrent un regard nerveux.

— J'espère que vous êtes toujours des nôtres?

— Bien sûr, mon colonel, répondit Walnek. Mais franchement, je ne peux tout simplement pas croire que les choses se passeront comme vous le dites. Je ne peux pas m'imaginer que les Américains nous attaqueront.

Spence opina de la tête.

— Moi non plus, dit de Gaspé. Mais nous devons être prêts au pire.

Il se retourna vers Peter Armstrong.

— Bien, Peter, allons-y. Il leva la voix pour s'adresser à tous les officiers présents.

— Messieurs, je vais vous donner vos instructions finales maintenant. Le colonel Armstrong va d'abord m'indiquer le déploiement de vos unités. N'hésitez pas à nous interrompre n'importe quand si vous avez des suggestions à faire ou des questions à poser. Quand le colonel Armstrong aura fini, je n'aurai que quelques mots à dire. Vous pourrez ensuite aller rejoindre vos hommes.

Il consulta sa montre.

— Il nous reste très peu de temps. Il est tout juste passé 18 heures. Le Président doit prononcer son allocution à 18h30. A mon avis, si les Américains ont l'intention de nous rendre visite, ils sont déjà, à l'heure qu'il est, dans leurs avions et peut-être même en vol.

Il y eut un certain malaise. Les hommes se regardèrent, mais leurs regards se dérobaient à moitié. Aucun ne pouvait croire, au fond de lui-même, à la possibilité d'une attaque américaine.

— A vous, Peter.

— Bien, mon colonel. J'ai affiché une carte de l'aéroport sur la fenêtre nord. Je m'en servirai pour vous indiquer la position de nos hommes au sol. Evidemment, la tour de contrôle nous donne un point d'observation rêvé puisque ses fenêtres commandent une vue de tout l'aéroport.

« Je me servirai cette seule fois de l'expression "s'ils viennent" — par la suite, je parlerai comme s'ils allaient

AÉROPORT INTERNATIONAL DE TORONTO

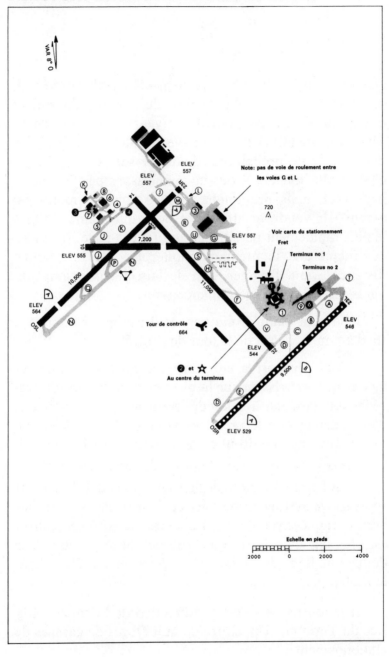

effectivement venir. S'ils viennent, ils viendront du sud, par-dessus le lac, probablement du sud-est, du sud et du sud-ouest. En ce moment, le vent est de zéro-deux-zéro à quinze milles à l'heure avec rafales. Ils choisiront donc, en toute probabilité, d'atterrir sur la piste 32 — c'est la plus longue. Nous ne connaissons pas leur nombre exact, mais présumons qu'ils seront au moins 50 avions. Ils voudront atterrir et débarquer leurs troupes le plus rapidement possible en quittant la piste. Il faudra cependant que le premier avion roule sur une bonne distance avant d'arrêter, afin de laisser aux avions suivants assez de place pour manoeuvrer.

Il leva la main droite vers le Terminus Un, situé à un demi-mille à l'est de la tour de contrôle.

— Cet aéroport a été conçu de telle sorte que les avions qui atterrissent sur la piste nord-sud doivent procéder vers l'est en direction des aérogares. Nous pouvons donc calculer que le premier avion — à vrai dire, que tous les avions prendront cette direction une fois au sol.

Armstrong pointa un doigt en direction du nord.

— A l'extrémité nord de la piste nord-sud, le Régiment écossais est retranché de part et d'autre de la piste, les armes braquées vers le sud. Le niveau du sol à cet endroit est plus bas qu'à l'extrémité sud des pistes, ce qui leur donne une ligne de tir excellente pour les missiles TOW et Blowpipe.

Il se tourna vers l'est, en direction de l'immense édifice du Terminus Un, coiffé de huit étages de garages de stationnement.

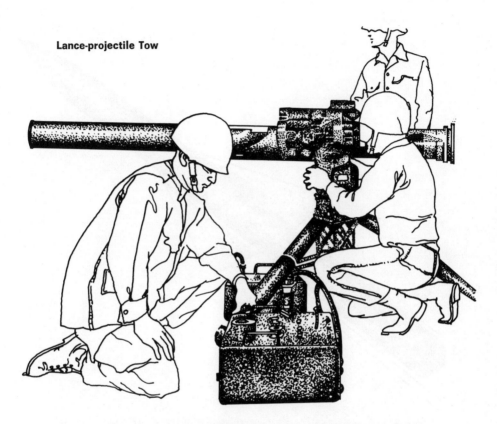

Lance-projectile Tow

— Nous avons transformé les huit étages ouverts du stationnement au Terminus Un en une sorte de galère antique. Les Queen's York Rangers et le Régiment d'artillerie, équipés de missiles TOW, de mitrailleuses et de canons, en occupent tous les étages à l'exception du toit. Ils ont une vue d'ensemble sur tout l'aéroport. Je me soucie seulement de m'assurer, au cas où ils seraient appelés à tirer, qu'ils savent *exactement* où se trouvent le Régiment écossais de Toronto, le 48e des Highlanders — je reviendrai là-dessus dans un instant — et les troupes britanniques, afin qu'ils ne tirent pas sur les nôtres.

Missile Rapier

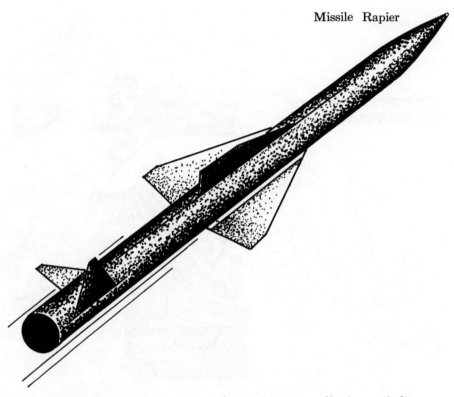

Armstrong se retourna de nouveau et alla jusqu'à la fenêtre au nord de la tour de contrôle, d'où il indiqua l'extrémité ouest de la piste 5 Droite.

— Le 48e des Highlanders se trouve à l'extrémité ouest de la piste 5 Droite. Cette butte est plus basse que l'extrémité est de la piste. Ils auront ainsi une bonne vue sur les Américains si ceux-ci décident d'utiliser la piste dans un sens ou dans l'autre. De plus, le 48e est armé de missiles TOW et Blowpipe. Tout comme le Régiment écossais de Toronto situé à l'extrémité nord, ils ont cinq lance-projectiles Rapier, et chaque Rapier est muni d'un minimum de quinze missiles. Chacune des unités TOW — et il y en a trente-deux dans l'aéroport: dix chez les Ecossais de Toronto, douze avec le Queen's York Rangers dans le Terminus Un, dix avec le 48e — chacune est munie de cinq missiles.

Il se tourna vers le sud.

— Maintenant, en ce qui concerne nos amis les Anglais, et leurs missiles-miracle Rapier, ils sont dispersés parmi nos troupes. Dans le parc du Centenaire — ce tas de détritus au sud de l'aéroport qui a été converti en pente de ski il y a bien des années — les Fusilliers de la Reine détiennent vingt et un Rapier et vingt Blowpipe. Les Anglais et les Fusilliers de la Reine se trouvent au sommet de la colline, et ils jouiront d'une ligne de tir superbe vers tout avion qui atterrit ou qui tourne dans les airs. Nous avons placé d'autres troupes anglaises, avec cinq Rapier, sous le commandement du colonel Foy chez le 48e des Highlanders, à l'ouest de la piste 5 Droite. Il y a encore des Anglais, et cinq autres Rapier, avec le colonel Esplen et les Ecossais de Toronto, au nord.

« C'est tout pour le déploiement, mon commandant, conclut-il en regardant le colonel de Gaspé.

— Merci, colonel. Maintenant, résumez-moi de nouveau le réseau de communications, s'il vous plaît, répondit de Gaspé.

— Votre poste de commande est branché sur la fréquence no 3, avec le no 5 en réserve. Seuls les officiers commandants sont branchés sur ces fréquences. Ils ont leurs propres fréquences pour communiquer avec leurs gens, afin qu'il n'y ait pas d'empiètement.

— Bien.

De Gaspé scruta les visages des officiers commandants.

— Avez-vous des questions à poser?

Le colonel Holoduke, des Queen's York Rangers, demanda la parole.

— Mon commandant, dans le cas où nous aurons à tirer sur un ou plusieurs de leurs avions, quelle est la procédure? On nous l'a expliquée, mais pourrions-nous la passer en revue une dernière fois?

Le colonel de Gaspé opina de la tête.

— Bien, voici la procédure. S'ils atterrissent sur la piste nord-sud, le Régiment écossais de Toronto sera le premier responsable des avions au sol. Vos missiles TOW sont numérotés de 1 à 10. A l'atterrissage, l'unité no 1 doit se braquer sur le premier avion et le suivre. L'unité no 2 doit agir de la même façon envers le deuxième avion, et ainsi de suite jusqu'à ce que le dixième avion soit au sol. Ensuite, les Queen's York Rangers doivent braquer leurs douze missiles TOW, numérotés en série eux aussi, sur les avions no 11, no 12, etc. Le 48e régiment doit viser le 23e. Holoduke, vous êtes dans le Terminus Un. Il ne faut pas que vous et vos gens oubliez une seule seconde que le 48e est à l'extrémité ouest de la piste 5 Droite. Il ne faut pas que vous tiriez dans leur direction ou vers le Régiment écossais de Toronto, à l'extrémité nord. Ou, autrement dit, si vous tirez dans leur direction, faites-le avec toute la prudence qui s'impose.

« Nous ne tirerons sur aucun avion à moins que les troupes qu'il contient ne passent outre à mes ordres et n'essaient de débarquer. S'ils commencent à débarquer, ce sera mon ordre — et mon ordre seul — qui vous autorisera à tirer. L'ordre sera « Braquez numéro . . . Feu ». Je vous indiquerai clairement le numéro de l'avion. S'il s'agit du quatrième avion à avoir touché le sol, qui commence à décharger des troupes, le mot d'ordre sera: « Braquez numéro quatre, Feu ». C'est votre unité TOW no quatre, Esplen, qui doit rester braquée sur l'avion no 4, et qui devra tirer sur la cible dès que l'ordre en sera donné.

— Et les avions encore au sol, mon commandant? demanda Shepherd de l'unité anglaise.

— Bon. Vous tirerez avec vos Rapier, seulement si je vous en donne l'ordre. Vos cibles seront des avions en vol qui tenteraient de faire demi-tour pour retourner aux Etats-Unis. Je garde les Blowpipe et les Rapier en réserve. Si les avions de combat nous attaquent, nous les viserons également.

De Gaspé marqua une pause avant de poursuivre.

— Quelle que soit notre action, messieurs, il faut que nous usions de la plus grande discrétion. Idéalement, nous ne tirerons aucun coup. Je suis convaincu qu'aucun de nous ne désire vraiment blesser ou tuer des amis américains, et je crois bien qu'ils nourrissent des sentiments semblables à notre égard. Du moins, espérons-le.

« Un dernier point. Je serai dans la tour en compagnie de ces courageux contrôleurs aériens. Le colonel Armstrong sera dans la deuxième unité de commande installée dans les voitures dissimulées à l'ouest de la tour.

De Gaspé sourit à l'intention de Walnek et Spence qui lui retournèrent son sourire avec une certaine gêne.

— Est-ce qu'il y a d'autres questions? demanda-t-il en faisant des yeux le tour des murs vitrés. Le soleil disparaissait à l'horizon dans le ciel clair à l'ouest, et sa lumière atténuée dégageait la silhouette des officiers contre les édifices des aérogares, les hangars et les pistes de l'immense aéroport. Il n'y avait pas d'autres questions.

Subitement, ils furent saisis par une voix percutante qui sortait des hauts-parleurs des contrôleurs.

— La tour, ici radar. Je capte une formation d'avions non identifiés à l'extrémité de ma portée, à un-six-zéro. Je dirais qu'il y a environ 30 avions. Ils semblent décrire un tracé de trois-quatre-zéro, ce qui devrait les amener au-dessus de Rochester en cinq minutes. Vitesse et altitude inconnues en ce moment.

Walnek prit immédiatement le microphone.

— D'accord, radar, donnez-moi la vitesse de ces avions dès que possible, et une idée de l'heure à laquelle ils arriveront ici — si c'est ici qu'ils viennent.

— Bien, répondit la voix. Puis . . . « Bon sang, je capte une autre formation . . . Il y en a peut-être 50 qui se suivent . . . Ils sont sur deux-zéro-cinq, apparemment en direction de Rochester eux aussi.

Walnek garda son calme.

— Ouais. On dirait qu'ils se sont fixé un rendez-vous de l'autre côté du lac. Avez-vous une heure probable d'arrivée?

Après un court silence, l'homme du radar répondit.

— Oui, je dirais à 18h45, dans vingt minutes.

La voix du colonel de Gaspé était chargée d'excitation. Il cria ses ordres à ses commandants.

— Bon, les gars, ça y est, à vos postes!

Les hommes sortirent précipitamment de la pièce, et le colonel se retourna vers Walnek.

— Emettez immédiatement un signal d'alerte rouge.

Walnek opina de la tête et tendit la main vers son téléphone. De Gaspé saisit le récepteur du deuxième appareil et signala rapidement le numéro de la ligne directe avec le commandant en chef des Forces mobiles, à Saint-Hubert.

— Ici Christie, répondit une voix douce.

— Mon commandant, ici de Gaspé. Je suis dans la tour de contrôle, à Toronto. Ils s'en viennent. Nous en avons capté environ quatre-vingt sur radar. Présumant qu'ils se dirigent ici, ils arriveront à 18h45, à peu près.

Christie ne répondit pas tout de suite.

— C'est à peu près l'heure à laquelle le Président doit terminer son allocution télévisée. Tenez-moi au courant. Je reste au quartier général. J'en fais immédiatement part au sous-commandant en chef à Ottawa.

Ottawa /
mardi le 7 octobre 1980, 18h26

Dans la salle de l'état-major du quartier général alternatif, près d'Ottawa, le sous-commandant en chef de l'état-major de la Défense, le général White, posa le récepteur du téléphone. Il se tourna ensuite vers le chef d'état-major de la Défense pour lui transmettre le rapport de Christie sur la situation à Toronto.

— Et le Premier ministre, mon commandant? demanda-t-il ensuite.

Le chef d'état-major passa une main dans son épaisse chevelure, puis leva la tête vers la pendule murale. 18h26. La voiture de Robert Porter devait être en train de franchir le portail de l'allée menant à Rideau Hall, où le Premier ministre devait rencontrer le Gouverneur général.

Le chef d'état-major de la Défense composa le numéro de téléphone de Rideau Hall. Au même moment, des hommes et des femmes, vêtus de l'uniforme vert des Forces armées canadiennes, se mirent à envahir la salle: ayant reçu des dépêches en provenance de tous les coins du pays concernant le déroulement de l' opération Accueil, ils les affichèrent sur des tableaux et des cartes pour que le chef d'état-major et ses collaborateurs puissent prendre rapidement connaissance des rapports qui ne cesseraient pas, désormais, d'affluer.

Quand la standardiste de Rideau Hall répondit au téléphone, elle reçut l'ordre sec de laisser la ligne ouverte afin que le chef d'état-major de la Défense puisse rejoindre le Premier ministre à tout moment. La standardiste dénicha enfin l'aide exécutif du Gouverneur général dans le foyer principal de Rideau Hall, où il attendait le Premier ministre. Le chef d'état-major attendit. Moins de deux minutes plus tard, Porter prit la ligne et le militaire lui exposa la situation. Porter répondit très calmement.

— Eh bien, nous ne pouvons pas encore connaître leurs intentions de façon précise. L'important est d'être préparés pour le pire. Je vais maintenant rejoindre le Gouverneur général. Je n'ai pas l'intention de le mettre au courant de tout cela, à moins qu'il ne devienne absolument nécessaire de le faire. Après tout, ce n'est peut-être que du bluff . . . nous le saurons assez vite. Rappelez-moi dès qu'ils demanderont l'autorisation d'atterrir.

Le deuxième coup de fil que le chef d'état-major passa au Premier ministre coïncida avec les derniers mots de l'allocution du Président, par lesquels celui-ci annonçait l'invasion. Il était alors 18h39. Dix minutes seulement avaient passé.

Le Gouverneur général ne soupçonnait même pas l'existence de l'opération Accueil — il croyait encore n'avoir d'autre choix que de se conformer aux instructions du Président.

Toronto /
mardi le 7 octobre 1980, 18h41

De Gaspé se crispa. Le haut-parleur cracha les premières syllabes du chef du commando américain. Il avait l'accent très prononcé des gens du sud.

— Contrôle à l'approche de Toronto, ici le commandant de Blueforce* de l'USAF**. Over.

Le contrôle à l'approche répondit immédiatement, conformément aux instructions reçues.

— Commandant de Blueforce de l'USAF, ici contrôle à l'approche de Toronto. Go.

Le commandant américain lut son message, qui était en fait un ordre.

— Toronto, ici le commandant de Blueforce, le général de brigade Dudley Smith. Le Président des Etats-Unis m'a personnellement confié la mission de mener la Blueforce de l'USAF jusqu'à l'atterrissage à l'aéroport international de Toronto et à la base des Forces armées canadiennes à Downsview. Nous arrivons pour prendre le contrôle des Forces armées et du gouvernement de la région métropolitaine de Toronto et du sud de l'Ontario, conformément au décret présidentiel à l'effet que le Canada doit devenir et est maintenant devenu une partie intégrante des Etats-Unis d'Amérique.

Blueforce: littéralement « force bleue », cette couleur étant celle de l'armée de l'air américaine.

** USAF: U.S. Air Force; l'armée de l'air américaine.*

Le contrôleur aérien l'interrompit.

— Nous avons écouté l'allocution du Président.

— O.K., Toronto, écoutez-moi maintenant. Puisqu'il s'agit d'une invasion paisible, veuillez bien noter mes exigences. Les voici. Nous demandons l'autorisation d'atterrir normalement et directement à l'aéroport international de Toronto. J'ai avec moi soixante avions Hercule et Starlifter qui se dirigent vers l'aéroport de Toronto, et vingt et un qui se dirigent vers Downsview. Pour ceux qui vont vers l'aéroport de Toronto, je demande, comme j'ai dit, l'atterrissage direct sur la piste 32. Les avions se suivront de près. Après l'atterrissage, vous nous dirigerez vers nos positions sur les rampes des Terminus Un et Deux. Vous donnerez ordre à vos employés au sol d'ouvrir toutes les portes et portails menant aux deux terminus. Mandez-les aussi de diriger tous les autobus et camions se trouvant à proximité de l'aéroport vers l'aérodrome et de les tenir à notre disposition. Nous apportons nos propres véhicules mais nous aurons besoin de véhicules supplémentaires. Nous sommes suivis d'hélicoptères qui devraient arriver dans vingt minutes.

— Roger, commandant de Blueforce, répondit le contrôleur. Est-ce qu'il va vous falloir du carburant?

— Non, répondit la voix américaine.

— D'accord, commandant de Blueforce. Branchez-vous maintenant sur la fréquence 118.0 pour la tour de contrôle de Toronto.

Il y eut un silence de quelques secondes dans la tour de contrôle. Puis la voix reprit.

— Tour de contrôle de Toronto, ici le commandant de Blueforce USAF, à dix milles au sud, altitude 5,000 pieds, j'approche pour faire un atterrissage direct sur la piste 32. J'ai soixante — six zéro — avions avec moi, et je demande l'autorisation d'atterrir pour tous. Over.

De Gaspé, debout à côté de Walnek, regarda par la vitre sud de la tour. Walnek parla aussitôt dans le micro.

— Roger, commandant de Blueforce. Ici la tour de Toronto. Ne vous voyons pas encore. Nous avons beaucoup de brume ce soir. Avons suivi votre discussion avec le contrôle à l'approche de Toronto. Vous avez le feu vert pour l'atterrissage direct sur la piste 32 pour vos soixante — six zéro — avions. Les vingt et un avions qui se dirigent vers Downsview doivent maintenant se brancher sur Downsview sur la fréquence 126.2. Le vent est zéro-deux-zéro à 15-20 milles, l'altimètre lit 29-92. Over.

— Commandant de Blueforce, O.K., répondit l'autre.

A l'instant même, de Gaspé vit le premier scintillement des feux d'arrivée luire au-dessus du lac. Il se tourna vers Walnek et, les indiquant du doigt, parla fébrilement.

— Les voilà!

Tandis qu'il regardait, un deuxième avion apparut à la suite du premier, puis un troisième, un quatrième, et ainsi de suite jusqu'à ce que toute une portion du ciel sombre au-dessus du lac Ontario fut constellée de lucioles étincelantes.

Walnek parla dans le microphone.

— Commandant de Blueforce, ici la tour de Toronto. Suggérons que vous effectuiez un atterrissage long et sortiez par la piste 5 Gauche à l'extrémité nord. Quelle sera l'intervalle entre les atterrissages?

— Environ vingt secondes, je crois, répondit l'Américain. Je sais bien que vous autres, contrôleurs civils, aimez n'avoir rien qu'un avion à la fois sur la piste — mais il s'agit d'une opération militaire et nous voulons que tous nos avions soient au sol le plus rapidement possible. Alors, quand je tournerai à droite sur la piste 5 Gauche, les avions no 2 et 3 auront déjà touché le sol derrière moi, et les avions 4 et 5 seront prêts à se poser, etc.

— Roger, commandant de Blueforce. Après atterrissage, ne vous branchez pas sur le contrôle au sol de Toronto. Je maintiendrai le contrôle de tous les avions à partir de la tour.

— Roger, tour de Toronto. — Puis: Commandant de Blueforce à Blueforce, je sors le train d'atterrissage, train d'atterrissage sorti.

La voix du surveillant au radar de Toronto parla dans le haut-parleur.

— Tour de Toronto, je capte une formation d'avions rapides arrivant de Buffalo. Ils survolent maintenant les cheminées. Ils volent probablement à basse altitude.

De Gaspé vit le regard de Walnek aller des feux d'atterrissage des avions qui approchaient, dans la direction des quatre cheminées du poste hydraulique, au bord du lac Ontario, au sud-est de l'aéroport. De Gaspé suivit son regard et aperçut, à trois milles de là environ, presque au ras des arbres, les nez groupés d'une douzaine d'avions de combat, missiles et bombes pendant sous les ailes, qui se précipitaient tout droit vers la tour.

— Ça y est, dit de Gaspé.

Il était là, pétrifié, s'attendant à ce que des bombes ou des missiles se détachent des avions pour s'élancer bruyamment vers le sol. Son impuissance était totale. Il n'y avait aucune protection contre une telle attaque.

Deux secondes plus tard, les jets survolèrent en trombe l'aéroport, toujours en formation de combat.

Aucune bombe ne tomba.

— La tour, reprit la voix du radar, je capte trois autres formations se déplaçant à haute vitesse — le premier arrive de l'ouest, à 30 milles, le deuxième du sud-est à 18 milles, et le troisième du sud-est, également à 18 milles.

— Ça va, radar, répondit Walnek. Ce sont des escadrons de combat — ils surveillent l'atterrissage de leurs gros oiseaux. Attendez une minute.

« Tour de Toronto au chef de l'escadron de combat de l'USAF, m'entendez-vous? Over.

« Tour de Toronto au chef de l'escadron de combat de l'USAF. Over.

Toujours pas de réponse.

— Commandant de Blueforce, j'amorce l'approche finale et demande à atterrir, prononça la voix américaine.

De Gaspé se détourna du nord-est, où il avait regardé l'escadron de combat décrire un large arc à l'ouest vers Bramalea, avant de revenir en direction de l'aéroport. Son regard se posa de nouveau sur la longue file d'avions de transport géants qui s'étalaient pendant des milles derrière leur chef, comme un vol d'oies s'étendant jusqu'au loin.

Walnek reprit le microphone.

— Commandant de Blueforce, la voie est libre. Vérifiez que le train d'atterrissage est sorti et verrouillé. Le vent est de zéro-deux-cinq, à 15 milles à l'heure.

— Commandant de Blueforce, Roger.

— Le premier avion est un Starlifter C141, celui qui le suit un Hercules, et les autres semblent être un mélange des deux, marmonna Walnek à l'intention de de Gaspé.

Celui-ci alla jusqu'au mur est de la tour et prit en main le microphone que Walnek lui avait assigné. Il regarda, fasciné, l'immense avion Starlifter qui semblait, presque immobile, suspendu dans le ciel, compléter son atterrissage, la queue baissée, les pneus fumant au contact du sol. Le deuxième avion le suivit de près, suivi du troisième, et la file s'allongeait à perte de vue.

Dans le ciel, de Gaspé aperçut le scintillement d'un escadron de combat américain qui faisait demi-tour. Walnek suivit son regard.

— Nous avons maintenant, dit-il, affaire à quatre escadrons de combat. Il faut espérer qu'ils ont reçu l'ordre de ne pas attaquer. Je ne connais pas encore leur fréquence de radio.

De Gaspé se contenta de hocher la tête.

Le deuxième avion de transport de l'USAF avait atterri, les roues du troisième étaient sur le point de toucher le sol. L'avion du commandant de Blueforce parvint au bout de la piste d'atterrissage et amorça son virage pour prendre la piste no 5 Gauche. Quand il quitta la piste d'atterrissage, les quatrième et cinquième avions roulaient déjà au sol.

De Gaspé prit enfin le microphone. Sa main tremblait; mais sa voix resta calme.

— Commandant de Blueforce, ici le commandant militaire canadien à l'aéroport international de Toronto. Pour fins de communication, je me nomme chef d'Accueil. Vous me captez?

— Commandant de Blueforce. Go.

— D'accord, commandant de Blueforce. Ce message doit être relayé à tous vos avions et transmis aux avions de combat. Chacun de vos avions au sol est couvert par un missile TOW. Chacun de vos avions en vol est couvert par un missile sol-air. De plus, l'aéroport tout entier est protégé par l'artillerie légère et des mitrailleuses. Vous devez vous conformer aux instructions suivantes. S'il vous arrive d'y faillir ou de refuser de vous y conformer, je détruirai votre flotte tout entière — et je peux le faire instantanément.

« Commandant de Blueforce, vous allez continuer à rouler sur la voie Roméo vers le Terminus Un et tous les avions au sol ou en l'air vont poursuivre leur atterrissage tel que prévu. Aucun commandant de bord ne doit permettre aux troupes ou à l'équipage de débarquer, et aucun des avions encore en vol ne doit tenter de s'enfuir vers les Etats-Unis. Tout avion qui commence à décharger des troupes ou, s'il s'agit d'un avion en vol, à faire demi-tour pour retourner aux Etats-Unis, sera immédiatement détruit. Me captez-vous, commandant de Blueforce?

Le regard de de Gaspé était braqué sur l'avion géant qui roulait au sol en direction du sud vers le Terminus Un, suivi cinquante verges en arrière par le deuxième. Le troisième tournait à droite sur la piste no 5 Gauche. Il y avait encore quatre autres avions sur la piste 32.

La voix ébranlée du commandant de Blueforce trahit sa stupeur.

— Que diable me chantez-vous là? C'était censé être une invasion paisible! Vous ne possédez même pas les belles armes dont vous parlez. C'est du bluff, mon vieux, du gros bluff!

La voix de de Gaspé reprit, froide et ferme.

— Commandant de Blueforce. Je ne bluffe pas.

Une voix jusqu'alors inconnue intervint.

— Commandant de Blueforce, ici Blueforce deux. Ce n'est rien qu'un maudit bluff, et ces fichus Canadiens n'ont même pas de quoi se défendre. Mon avion est plein de Bérets verts, et je vais le forcer à abattre son jeu — tout de suite.

Le deuxième avion, un Hercules, vira brusquement à l'ouest sur la voie Sierra et s'arrêta net. Les portières latérales s'ouvrirent et la rampe postérieure commença à baisser. De Gaspé tenait son microphone de commande à la main gauche. Il y cria:

— Braquez numéro deux — Feu! Braquez numéro deux — Feu!

Il entendit Foy répéter la commande.

— Braquez numéro deux — Feu! Braquez numéro deux — Feu!

De Gaspé compta automatiquement les secondes. « Une . . . deux . . . » la rampe du Hercules baissait toujours. Dans la nuit tombant, des hommes sautaient des portières. « Trois . . . » Puis, en un seul instant, le fuselage se gonfla comme un ballon d'enfant puis explosa, crachant violemment des fragments d'équipement, des cadavres, du feu. La violence de la détonation ébranla, fracassa presque, les vitres de la tour de contrôle.

De Gaspé parla dans le microphone qu'il tenait à la main droite, toujours de la même voix neutre et stable.

— Chef d'Accueil à tous les avions Blueforce. Je répète, vous ne devez faire débarquer qui que ce soit, et tous les avions encore en vol doivent atterrir. Les avions au sol doivent continuer à rouler vers les aires de stationnement des Terminus Un et Deux. Commandant de Blueforce, suivez le véhicule guide devant vous. Les employés au sol vous dirigeront.

Le commandant américain n'accusa pas réception du message de de Gaspé. On entendit cependant sa voix agitée dans le haut-parleur.

— Commandant de Blueforce à tous les hélicoptères — faites demi-tour, je répète, faites demi-tour.

On entendit ensuite la voix du surveillant au radar.

— Je piste un avion à environ 3 milles au sud qui effectue un virage de 180 degrés vers le lac.

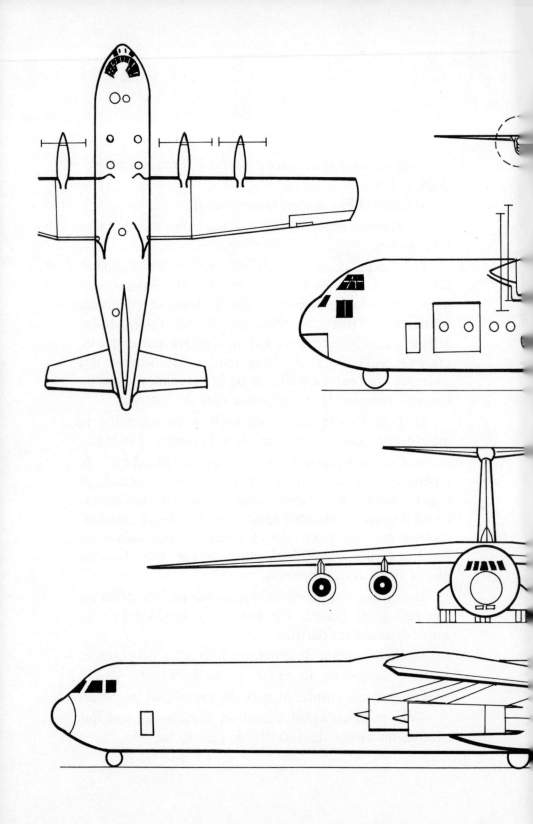

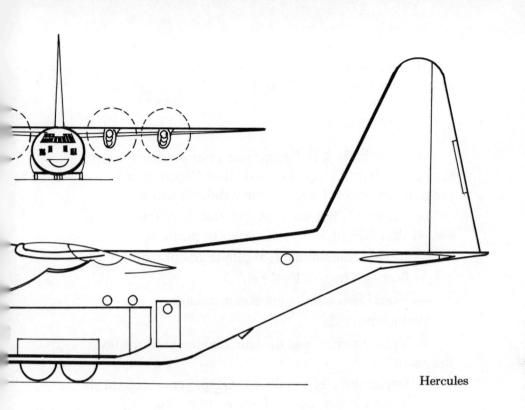

Hercules

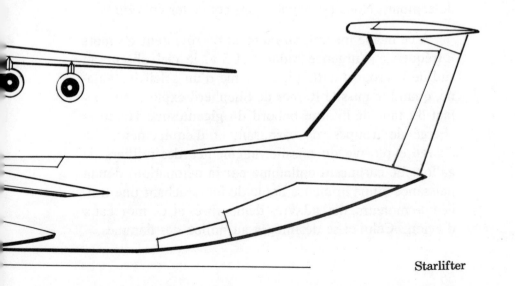

Starlifter

De Gaspé alla à la fenêtre sud pour essayer de repérer l'avion dont il s'agissait, mais il ne l'aperçut pas. Reprenant son microphone de commande, il aboya:

— Shepherd, il y en a un qui fait demi-tour vers le lac. Il doit être juste au sud de votre position.

— Je l'ai, commandant, répliqua Shepherd.

— Bon — Tirez — Feu! Feu!

— Nous faisons feu, mon commandant.

Walnek protesta.

— Vous n'auriez pas dû leur donner un autre avertissement?

— Impossible, répondit de Gaspé en secouant la tête. Ils ont été prévenus. Tout va trop vite.

De Gaspé appela de nouveau le commandant américain.

— Commandant de Blueforce, ici le chef d'Accueil. Veuillez m'indiquer la fréquence radio de vos escadrons de combat. Nous essayons de les contacter en vain.

A ce même instant, au moment où revinrent les mots « fréquence d'urgence radar 121.5 », le ciel obscur au sud de l'aéroport s'illumina comme d'un soleil instantané, quand le missile Rapier de Shepherd explosa au contact du moteur interne bâbord du gigantesque Hercules chargé de troupes, de carburant et d'équipement. La charge explosive du missile, augmentée des milliers de gallons de carburant enflammé par la détonation, donna naissance à une immense boule de feu crachant une traînée de moteurs, de cadavres démembrés et de morceaux d'avion. Celui-ci se désintégra au milieu des flammes.

66

F4 Phantom

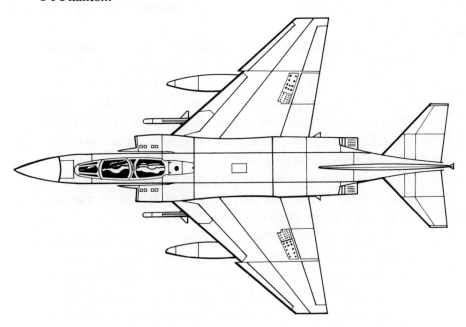

Walnek regarda, incrédule, ahuri, secouant lentement la tête. Mais de Gaspé, lui, était déjà tout à son prochain coup.

— Walnek, donnez-moi 121.5, vite!

Walnek tendit la main vers la manette de sélection de la console, la régla à 121.5 et fit signe au colonel. Celui-ci fit des yeux le tour des fenêtres à la recherche des escadrons de combat. Il s'adressa de façon concise à Walnek.

— Je vais parler aux escadrons de combat. Pendant ce temps, demandez au radar de vous indiquer leur position. Je ne les vois pas.

Il parla ensuite dans le microphone de la tour de contrôle.

— Commandants des escadrons de combat de l'USAF, ici le commandant militaire canadien à l'aéroport international de Toronto . . . Le chef d'Accueil. N'accusez pas réception avant que j'aie terminé. Tous vos avions de transport affectés à l'aéroport de Toronto ont atterri ou sont en train de le faire. En ce moment, vos hommes ne sont pas encore considérés comme des prisonniers de guerre. Ils sont donc encore susceptibles d'être attaqués par mes troupes s'ils commettent d'autres actes hostiles ou contraires à mes instructions.

« Ils m'ont déjà obligé à détruire deux avions. J'ignore vos instructions concernant des tirs d'artillerie ou des bombardements pour appuyer vos troupes ou vos avions de transport, mais je puis vous dire ceci: dès le moment où vous amorcerez une attaque contre nos hommes au sol, je donnerai l'ordre aux missiles de vous détruire et de détruire jusqu'au dernier de vos avions de transport, qu'ils soient au sol ou en l'air.

Walnek avait poussé devant de Gaspé une esquisse montrant l'emplacement des quatre escadrons de combat — environ 48 avions en tout. Le schéma, tracé à la hâte, indiquait que les quatre unités s'étaient apparemment réunies au-dessus de Klinberg Vortac, à 15 milles au nord de l'aéroport, et que le premier escadron venait de quitter cet endroit pour se diriger tout droit vers l'aéroport, suivi des deuxième, troisième et quatrième escadrons à des intervalles de deux milles. Aux yeux de de Gaspé, il était évident que cette formation était conçue pour bombarder l'aéroport. Le premier escadron pouvait attaquer, puis dégager le terrain avant l'arrivée du deuxième. Dans 90 secondes, le premier groupe serait là.

Il reprit le microphone.

— Chef d'Accueil au chef de l'escadron de combat USAF en tête. Est-ce que vous avez reçu mon message?

— Oui, mon maudit salaud — c'est du chantage!

De Gaspé cria à moitié en répondant.

— Je vous ordonne de cesser immédiatement votre avance et de retourner à vos bases. Je vous donne 10 secondes pour me donner une réponse affirmative et pour l'appuyer par un virage à tribord.

De Gaspé aboya dans son micro de commande dans la main gauche, mais il appuyait toujours sur la manette de transmission du micro de la tour afin que les pilotes des avions de combat l'entendent.

— Tous les commandants de missiles, attention, attention. Il y a quatre escadrons de combat qui arrivent du nord à basse altitude. S'ils ne rompent pas dans 10 secondes, je donnerai l'ordre de tirer sur tous les avions au sol et en l'air. Tous les Rapier, braqués sur les avions de combat. A vos postes, attention.

Le regard de de Gaspé se fixa sur l'immense horloge qui balayait les secondes dans la tour de contrôle, pour compter les cinq dernières secondes du délai accordé au commandant américain.

La réponse vint à la neuvième seconde.

— Le premier escadron rompt et retourne à la base. Effectuons virage à tribord.

Puis une autre voix:

— Le deuxième escadron prend la suite. Virage à tribord.

Et une autre:

— Troisième escadron suit. Virage à tribord.

Et enfin, la dernière:

— Le quatrième escadron rompt et retourne à la base.

La voix du surveillant du radar leur parvint forte et claire.

— Tous les escadrons virent à l'ouest, virent à l'ouest.

De Gaspé les voyait maintenant, volant très bas. Le premier escadron avait décrit la moitié de son virage à l'ouest. Il était à un demi-mille au plus, au nord de l'aéroport, juste au-delà de Malton. Les ailes retroussées des douze avions Phantom F4 étaient gravées, étincelantes, sur le ciel rougeoyant et le soleil qui disparaissait à l'horizon.

Les épaules du colonel semblèrent s'affaisser légèrement, soulagées d'un poids immense.

— Chef d'Accueil aux commandants des missiles. Les escadrons de combat ont rompu. Maintenez la surveillance de tous les avions de transport.

Walnek se retourna vers de Gaspé.

— Le compte est: 38 avions au sol, 2 détruits et, d'après le radar, 20 qui approchent.

De Gaspé consulta sa montre.

— Est-ce que vous pouvez les diviser, et en faire arriver la moitié sur la piste 5 Droite, et l'autre sur la piste 5 Gauche? Si oui, cela nous permettrait d'accélérer considérablement l'atterrissage.

Walnek vérifia la force et la direction du vent avant de répondre.

— Oui. Le vent est de zéro-trois-zéro à 12 milles à l'heure environ, ce qui ne posera aucun problème à ces gros oiseaux-là.

Walnek parla dans le microphone.

— Les trois avions USAF qui ont commencé leur approche finale, volant à moins de 1700 pieds, doivent poursuivre leur approche de la piste 32 et y atterrir. Les avions volant au-dessus de 1700 pieds doivent virer à bâbord, à vau-vent, pour atterrir sur les pistes 5 Droite et Gauche. Le premier avion prendra à gauche, le deuxième à droite, etc. N'accusez pas réception sauf si vous avez des problèmes ou des questions.

Le silence suivit les instructions de Walnek — mais de Gaspé put constater que le quatrième avion dans la file d'approche amorça un lent virage à l'ouest, et les feux d'atterrissage des avions suivants amorcèrent le virage à l'ouest presque à l'unisson.

Walnef fit un signe affirmatif.

— Ils ont compris.

De Gaspé s'arrêta un instant pour contempler le spectacle incroyable qui se déroulait devant ses yeux. A l'extrémité est de la rampe du Terminus Deux, il voyait les lumières clignotantes de l'avion du commandant de

71

Blueforce, qui brillaient de plus en plus fort dans la nuit tombante. Le véhicule de contrôle au sol, avec son feu rouge clignotant, le guidait vers son emplacement.

Allongés derrière le premier avion dans une file interminable allant du Terminus Deux vers l'ouest, autour de la rampe du Terminus Un, et au nord le long de la voie Roméo jusqu'aux sorties à l'extrémité nord de la piste 32, la procession de Starlifter et de Hercules géants avança lentement. Les feux de navigation verts et rouges et les lumières blanches clignotantes ressemblaient, aux yeux de de Gaspé, à des guirlandes de Noël sur l'édifice sombre du Terminus Un. Il se demanda si les hommes à bord des avions américains voyaient les bouches des fusils et des missiles braqués sur eux aux étages de stationnement au-dessus du terminus.

— Chef d'Accueil au commandant de Blueforce. Over.

— Commandant de Blueforce. Go, répondit le général américain.

— Quand la voiture guide vous aura mené jusqu'à votre place de stationnement — et ceci s'applique à tous les avions Blueforce — vous resterez dans vos avions. Personne — je le répète — personne ne doit ouvrir de porte, baisser de rampe ou tenter de débarquer de l'avion de quelque façon que ce soit. Quand vous aurez coupé les moteurs, vous resterez branché sur la tour de Toronto pour d'autres instructions.

Le commandant de Blueforce répéta les instructions de de Gaspé, puis procéda à la vérification de réception auprès de chacun de ses pilotes, par ordre numérique.

Il savait que les instructions du commandant militaire canadien étaient cruciales pour la sécurité de chaque avion et des troupes qu'il contenait, et il ne voulait prendre aucune chance — il voulait s'assurer que chaque équipage avait bien compris la consigne.

Pendant que le général américain procédait à cette vérification, de Gaspé fit son rapport au commandant en chef des Forces mobiles à son quartier général de Saint-Hubert.

Le colonel Christie fut pleinement satisfait du travail de de Gaspé.

— Parfait, Pierre, parfait. Nous les avons eus à Downsview, ici à Saint-Hubert — partout au pays, en fait. Vous êtes les seuls qui ayez été obligés de tirer. Des troupes et des véhicules ont fait mine de traverser les ponts des Grands Lacs, mais nous avons fait sauter des sections des ponts, et ça les a arrêtés net. Ils n'ont pas essayé d'emprunter le tunnel à Windsor. Je suppose qu'ils savaient qu'il deviendrait un vrai tombeau si nous le faisions sauter.

« Pour l'instant, nous pouvons dire que nous avons arrêté leur avance dans l'est du pays. L'opération Accueil a fonctionné à merveille partout. A Winnipeg, à Edmonton, à Calgary, à Vancouver, à Cold Lake — partout. Ils avaient calculé des atterrissages simultanés, à la minute près. Si, par contre, ils avaient échelonné leurs arrivées, les premiers avions auraient pu avertir les autres avant qu'ils ne soient à portée de nos missiles — mais ils ne l'avaient pas planifié ainsi. C'est bizarre.

— Et le déplacement des troupes au sol dans l'ouest, mon commandant? demanda de Gaspé.

— Je n'ai pas encore reçu de rapport à ce sujet. Ils devraient sans doute rencontrer nos barrages dans une vingtaine de minutes. Les avions ont commencé à atterrir il y a 24 minutes. Il fallait compter presque une heure en tout avant qu'ils n'arrivent aux barrages au Manitoba, en Saskatchewan et en Alberta. Les services de renseignements m'apprennent qu'ils se déplacent dans ces régions, mais ils n'ont apparemment pas tenté d'entrer en Colombie-Britannique par voie de terre.

Christie s'interrompit.

— Désolé, Pierre, il faut que je vous quitte. Le chef d'état-major veut mon rapport tout de suite, pour qu'il puisse mettre le Premier ministre au courant de tout ça. Continuez votre bon travail.

Washington /
mardi le 7 octobre 1980, 19h12

Une grande tension flottait dans l'air dans le Bureau ovale de la Maison Blanche. La chevelure blanche toute défaite, le Président, en manches de chemise, la cravate dénouée, était assis à son bureau. Il lisait un rapport qu'on venait de lui transmettre, écoutant en même temps les bulletins d'information à la télévision. L'annonceur parlait du déroulement de l'annexion du Canada et commentait le discours du Président.

Irving Wolf, le secrétaire d'Etat, l'homme dont les conseils et les stratégies avaient conduit le Président à cette confrontation avec les Canadiens, était assis sur le divan à sa droite. C'est Wolf qui avait élaboré la première version de l'ultimatum et qui avait convaincu le Président récalcitrant de son utilité. Maintenant, la tête baissée, il se tenait le nez entre deux doigts en écoutant le commentateur du petit écran.

Le secrétaire de la Défense, J. William Crisp, un homme rondelet de taille moyenne, faisait les cent pas hors du champ de vision de Wolf et du Président. Crisp, maintenant d'un certain âge, avait été un héros de la marine lors de la guerre de Corée. Le Président l'avait remarqué pour la première fois plusieurs années auparavant: l'aide financière qu'il avait pu fournir avait grandement aidé le futur Président lors de sa campagne électorale.

Tout ce que Crisp, un industriel des Etats du « Mid-West », savait du Canada était qu'il était situé au nord des Etats-Unis et qu'il possédait énormément de pétrole et de gaz naturel — le même gaz naturel, en fait, dont les Etats-Unis avaient désespérément besoin. C'était, en grande partie sinon en totalité, l'argent des Américains qui avait permis la découverte du gaz. Le pays, croyait-il savoir, était encore gouverné par l'Angleterre et la reine. Il n'avait aucune force militaire, à l'exception d'une Force armée régulière de 50,000 hommes, dont 5,000 au plus avait peut-être été entraînés au combat, et une force de réserve quelconque d'environ 30,000 hommes dont la plupart appartenaient à des unités de milice. La réserve aérienne, incluse dans ce nombre, comptait 1,200 hommes divisés en huit escadrons qui pilotaient — Crisp n'avait pu en croire ses oreilles quand on le lui avait dit — des Otter à un moteur — il s'agissait d'un vieil avion de transport léger construit au Canada dans les années 50 — et une poignée de DC-3, des reliques de la Deuxième Guerre mondiale.

Quand Crisp avait entendu le plan des chefs d'état-major réunis, sa propre ignorance du Canada l'avait obligé à se fier entièrement à eux pour l'élaboration de l'opération Nord. Les chefs d'état-major et leurs aides avaient en mains des statistiques militaires et logistiques sur le Canada; malheureusement pour Crisp, leur attitude générale envers le Canada, et leur connaissance du pays, de ses habitants, de son gouvernement et de son histoire, ne valaient guère mieux que les siennes.

L'opération Nord était bâtie sur la présomption que les Canadiens ne possédaient aucune véritable force de défense et que, dans tous les cas, les Canadiens réserveraient le meilleur accueil aux Américains et se rendraient immédiatement sans coup férir.

Le Président était en ce moment au milieu d'une campagne électorale difficile: il se devait donc de se préoccuper de la réaction qu'auraient les corporations multinationales américaines si leurs investissements au Canada étaient touchés lors de l'annexion. Ce facteur poussa fortement Crisp à approuver l'approche « à pied, en voiture, en avion — comme des touristes » soumise par les chefs d'état-major réunis, et à rejeter la suggestion de faire précéder l'attaque par une avant-garde de parachutistes.

Donc, si l'opération Nord échouait, J. William Crisp, secrétaire à la Défense, serait le premier à payer les pots cassés et à recevoir son congé, mais le Président, en tant que commandant suprême de toutes les Forces armées américaines, en porterait la responsabilité.

A 19h12, déjà, les trois hommes dans le Bureau ovale savaient qu'ils avaient échoué. Ils commençaient à comprendre qu'ils avaient porté un jugement totalement erronné sur les Canadiens, et ils savaient également que la totalité des 228 Galaxies, Starlifter et Hercules avaient été capturés, les hommes qu'ils transportaient restant emprisonnés à l'intérieur des avions sur les terrains d'aviation à travers le Canada.

Les média d'information n'avaient pas encore appris la nouvelle. Les bulletins télévisés ne parlaient pas encore des Américains détenus au Canada; mais le Président et les deux hommes à ses côtés le savaient, tout comme ils savaient que c'était, pour eux, le début de la fin, une catastrophe irrémédiable.

La Commission fédérale américaine de l'aéronautique et les hauts commandants militaires avaient suivi toutes les conversations entre les commandants canadiens des aéroports civils et militaires, et les commandants américains affectés à chacun d'eux. Les suites de l'atterrissage avaient été transmises par les commandants des escadrons de combat qui couvraient les opérations. Tous avaient reçu l'ordre de s'abstenir de tirer, bombarder, ou utiliser leurs missiles, sauf dans le cas où les Canadiens attaqueraient les avions de transport. Cette dernière situation s'était produite à Toronto.

Au moyen de ces rapports, le président des chefs d'état-major réunis tenait le Président au courant de la situation, en utilisant une ligne ouverte depuis le Pentagone. Le dernier appel du président des chefs d'état-major réunis confirma le pire. Tous les avions, toutes les troupes avaient été pris au piège. Seuls les hélicoptères qui suivaient de loin avaient pu faire demi-tour avant d'être à la portée des missiles. On avait fait sauter les ponts des Grands Lacs. Le seul espoir qui persistait était que les colonnes de chars et de blindés qui avaient déjà traversé la frontière à l'est des Rocheuses, parviennent à destination et s'emparent des villes majeures de cette région.

En écoutant le militaire lui confirmer la réussite du coup de maître des Canadiens, le Président, incrédule, secoua la tête.

— Général, comment diable avez-vous pu faire une erreur aussi monstrueuse?

Il souleva les yeux et envoya vers Crisp un regard qui arrêta aussitôt le pas de celui-ci.

— Vous vous rendez compte que le monde entier va se payer notre tête? Maintenant, écoutez ceci bien attentivement, mon général. Je veux une réponse d'ici dix minutes, et vous feriez mieux de trouver une *bonne* réponse. La question est simple. Que faisons-nous maintenant?

Il posa violemment le récepteur et regarda Crisp de nouveau.

Le Président fit, d'une voix criarde, un bref résumé des nouvelles catastrophiques transmises par son interlocuteur. Il leva encore la voix pour crier plus fort.

— Nom de Dieu, comment avez-vous pu faire une chose aussi idiote? Bien sûr, les forces militaires canadiennes sont peu impressionnantes. Presque rien. Bien sûr, nos ancêtres ont traversé l'océan pour venir en Amérique, dans les mêmes bateaux. Bien sûr, nous parlons tous la même langue. Bien sûr, les Américains possèdent à peu près tout ce qu'il y a à posséder au Canada. N'empêche que ces gens-là se sont fait une réputation de combattants presque surhumains aux cours des deux guerres mondiales. Crisp, pourquoi diable n'avez-vous pas ordonné aux avions de combat de nettoyer les aéroports avec des bombes et des missiles avant que nos gens n'atterrissent? Et puis, que s'est-il passé aux services de renseignements? Ils n'ont signalé aucun mouvement de troupes. Et nom de Dieu, comment se fait-il que nous *ignorions tout simplement* que des avions de transport de la RAF avaient traversé l'océan pour amener des commandos et des parachutistes? La stupidité de vos gens au Pentagone dépasse tout entendement!

Le Président se tourna dans son fauteuil et projeta sa main gauche vers une carte du Canada qu'on avait épinglée hâtivement sur un tableau.

— Et nos troupes qui se déplacent maintenant au sol dans l'ouest du Canada? Je sais très bien quel sort les attend, et je sais quel sort nous attend aussi. Ils vont nous arrêter sec. Non pas avec des troupes, non pas avec les armes, mais avec un simple coup de téléphone de la part du Premier ministre sur ce fichu téléphone rouge, ce téléphone rouge-là. Regardez-le bien! Il va m'appeler, et il va dire: "Si vos chars, vos voitures blindées, vos camions de transport, et tout le reste — s'ils dépassent le point X, vous pouvez dire adieu à toutes vos troupes en garnison dans leurs capsules métalliques aux aéroports à travers le Canada!"

Le Président, hors de lui-même, martela son bureau.

Et maintenant, le téléphone rouge sonna, puis sonna de nouveau. Le Président se leva, regarda l'appareil comme s'il ne pouvait en croire ses oreilles, puis souleva lentement le récepteur.

Washington /
mardi le 7 octobre 1980, 19h15

Le Président approcha l'écouteur de son oreille. Il était président depuis presque quatre ans — il s'était servi de ce téléphone-là une seule fois.

— Oui.

— Le Président du Soviet suprême désire vous parler, monsieur le Président, et je lui servirai d'interprète. Est-que vous voulez bien lui parler?

— Bien sûr, passez-le moi.

Le Président couvrit d'une main le cornet du téléphone et chuchota à Wolf et Crisp en levant les sourcils:

— C'est Yaraslav.

Le fait de prononcer ce nom déclencha une vision fugace dans l'esprit du Président. Les deux chefs d'Etat s'étaient rencontrés un an plus tôt, lors de l'unique voyage du Président en Union soviétique. L'Américain avait été fort impressionné par cet homme astucieux qui était natif de la même région que Staline. Agé de cinquante ans à peine, il était extrêmement cultivé, et dévoué corps et âme au communisme et à l'Union soviétique. Sa connaissance des affaires mondiales était supérieure à celle du Président américain. Celui-ci se rappelait parfaitement son sourire naturel, et ses yeux d'un bleu glacial qui perçaient autant qu'ils percevaient.

Au moment où le Président du Soviet suprême se mit à parler, la traduction, immédiate, déconcertante, se superposa à sa voix. Il en sera de même quand le Président américain répondra.

Il y eut un court échange de plaisanteries, au cours duquel le Président soviétique fit remarquer à son homologue américain que ses agissements l'avaient tiré du lit à deux heures du matin, heure de Moscou, et qu'il était alors 4h15 — le Président du Soviet suprême était encore en pyjama. L'Américain émit un petit rire.

— Désolé.

Puis le Président soviétique en vint au but de cet appel insolite.

— Depuis deux jours, l'Union soviétique surveille de près la position que vous avez adoptée face au Canada, Monsieur le Président. Nous comprenons bien la situation dans laquelle se trouvent les Etats-Unis, ainsi que les raisons qui vous ont poussé à adresser cet ultimatum au Canada, ultimatum que vous auriez pu défendre par des sanctions économiques qui auraient rapidement fait plier l'échine au Canada.

« Au lieu de quoi, vous avez choisi de vous emparer de force du Canada et de l'annexer tout entier aux Etats-Unis. Malheureusement, Monsieur le Président, cette ligne d'action est totalement inacceptable pour l'URSS. En aucun cas, nous ne pouvons tolérer la présence souveraine des Etats-Unis dans les îles arctiques canadiennes. Nous sommes déjà obligés de tolérer l'existence de vos installations militaires en Alaska; si vous vous emparez d'une position stratégique d'où vous pourriez facilement atteindre des points vitaux de l'URSS par avion ou au moyen de missiles balistiques, cela représenterait un changement dans la balance des pouvoirs et une menace pour la sécurité de l'URSS. Nous trouvons cela, comme je l'ai dit, totalement inadmissible.

Le Président l'interrompit.

— Monsieur le Président, nous n'avons aucunement l'intention de nous servir des îles arctiques canadiennes à des fins militaires. Nous nous intéressons uniquement au gaz qu'elles renferment.

— Il se peut que vous n'ayez pas d'autres intentions en ce moment, Monsieur le Président, mais vos intentions peuvent changer n'importe quand — sans parler des intentions de votre successeurs, qui qu'il soit, et quelle que soit la date de son entrée en fonction.

Cette petite pointe devait apprendre au Président américain que les Soviétiques n'ignoraient rien de sa situation électorale précaire.

— C'est une chose que d'occuper militairement le Canada pendant une courte période de temps, mais c'est tout autre chose que d'annexer le pays et d'en faire une partie des Etats-Unis. Non, Monsieur le Président, l'Union soviétique ne peut tolérer l'action que vous avez entreprise à l'endroit des Canadiens, même si nos services de renseignements m'apprennent que vos voisins, grâce à une prévoyance astucieuse, grâce au fait qu'ils ont su éluder le petit jeu de vos militaires, ont pu attirer vos mouches dans tout un réseau de toiles d'araignées.

« J'imagine qu'en ce moment vous et vos conseillers êtes aux prises avec l'épineux problème de savoir ce qu'il faut faire maintenant? Je suis sûr que le Premier ministre du Canada aurait une ou deux réponses à vous proposer. Il va sûrement vous donner de ses nouvelles sous peu, si ce n'est déjà fait. Mais l'URSS a également une suggestion à faire, Monsieur le Président, et je vous la fais dans les termes les plus énergiques. Au nom de l'Union soviétique, je vous conseille de consentir immédiatement à faire cesser tout mouvement de vos troupes au sol et à retirer vos avions militaires du territoire canadien. Je vous demande de me donner une réponse d'ici quinze minutes, Monsieur le Président. Je sais bien que vous voudrez sans doute consulter vos conseillers et que le délai est très court, mais vous m'avez mis dans une position intenable. L'ultimatum que vous avez adressé aux Canadiens et l'action militaire entreprise à la suite de leur refus de s'y conformer, ne me laissent d'autre choix que de vous adresser un ultimatum en retour.

« Pour vous convaincre du sérieux des intentions soviétiques, des sous-marins appartenant à la flotte la plus grande, la plus perfectionnée du monde, équipés de missiles atomiques de grande portée, font surface en ce moment même juste au-delà de la limite de 12 milles au large de toutes les villes américaines importantes des côtes est et ouest, et ils sont accompagnés d'autres sous-marins qui ne feront pas surface.

« Ceci est une confrontation, Monsieur le Président. Et ce n'est pas l'URSS qui nous y a conduits. Nous ne pensions pas que les Etats-Unis engageraient une action militaire contre le Canada; néanmoins, tout comme les Canadiens, nous étions prêts à cette éventualité. Nos sous-marins sont donc en position.

Il s'arrêta pour laisser répondre le Président américain.

— Je ne crois pas que vous êtes prêts à déclencher la guerre atomique pour si peu. Je crois que vous bluffez.

— Je puis vous assurer, Monsieur le Président, que je ne bluffe pas plus que les Canadiens. De plus, remarquez bien que je n'ai pas encore dit que mes sous-marins vont vous attaquer, pas plus que je n'ai proféré de menaces de guerre. Je vous ai seulement démontré que l'Union soviétique est totalement préparée à cette crise. Non seulement les Etats-Unis n'y sont pas préparés, mais de plus, vous avez essuyé une défaite humiliante aux mains des Canadiens. Comme je l'ai dit, je vous prie d'avoir la gentillesse de répondre à ma suggestion de retirer vos militaires, d'ici quinze minutes. Est-ce que vous pouvez m'assurer d'une réponse dans ce délai?

— Vous aurez de mes nouvelles, répondit le Président à contrecoeur. En raccrochant, il regarda Crisp et ordonna d'une voix rauque:

— Allez dire au Pentagone d'arrêter immédiatement l'avance de nos troupes dans l'ouest du Canada. Si elles ont déjà engagé le combat, qu'elles se désistent aussitôt. Qu'elles se retirent aux Etats-Unis le plus rapidement possible.

— Mais, interjecta Wolf, vous n'allez pas capituler si vite! Nous pouvons envoyer une avant-garde massive de parachutistes et entrer au Canada avec tous nos avions de combat à l'appui . . .

— C'est comme ça que nous aurions dû procéder dès le début, rétorqua le Président. Maintenant, nous nous sommes mis l'Union soviétique sur le dos. Nous n'avons pas d'autre choix que de nous retirer. Je vais récupérer les hommes et les avions pris dans les aéroports canadiens.

Le téléphone rouge sonna de nouveau. Le Président tendit une main vers l'appareil en marmonnant.

— Cette fois-ci, c'est Porter.

C'était Porter.

Il n'y eut ni formalités, ni plaisanteries.

— Monsieur le Président, ici Porter. Je détiens actuellement tous vos avions de transport et les troupes qu'ils transportaient. Je les considère, non pas comme des prisonniers de guerre, mais comme des otages. Si vous nous attaquez de nouveau, je n'aurai pas d'autre choix que de les détruire sur-le-champ. Je vous assure que c'est la dernière chose que je veux faire, mais je le ferai s'il le faut.

« Si vous consentez à arrêter et à retirer vos troupes au sol de l'ouest du Canada et si vous vous engagez à n'entreprendre aucune action militaire contre nous, à ces conditions je suis prêt à entamer des négociations au sujet du gaz naturel dont vous avez besoin. La résolution adoptée par la Chambre des communes cet après-midi m'y autorise.

— Et si je m'engage à ne plus attaquer, qu'est-ce qui arrive?

— Si vous êtes prêt à renoncer à toute action militaire et à négocier, nous nous rencontrerons en sol neutre dès lundi prochain. Le sol neutre sera les îles françaises de Saint-Pierre-et-Miquelon dans le golfe du Saint-Laurent, qui offrent des avantages pratiques pour nous deux — à condition, bien entendu, que le gouvernement français veuille bien être notre hôte, mais je crois qu'il y consentira volontiers.

Le Président, debout depuis le début de la conversation avec le président de l'URSS, se laissa tomber lourdement dans son fauteuil tournant, s'appuya au dossier et fixa le plafond sans le voir.

— D'accord, si je m'engage à n'entreprendre aucune action militaire et à arrêter et retirer immédiatement mes troupes dans l'ouest, et si je consens à négocier, qu'arrivera-t-il aux hommes et aux avions que vous tenez en otage?

— C'est très simple, répliqua le Premier ministre. Si vous consentez à ces conditions — et je suis prêt à vous croire sur parole à l'instant même —, dès que mon chef d'état-major m'aura appris que toutes vos troupes ont regagné les Etats-Unis, je libérerai vos avions de transport et les hommes qu'ils contiennent.

Le Président se pencha en avant dans son fauteuil. Son accent du Texas devint plus prononcé et sa voix se détendit quelque peu.

— Eh bien, Monsieur le Premier ministre, nous autres Texans, nous savons reconnaître l'as quand nous le voyons. Et c'est vous qui l'avez dans votre jeu. En fait, d'après ce que je vois, vous tenez toutes les cartes maîtresses. D'accord, je consens à négocier selon vos termes et selon les conditions que vous avez proposées.

Robert Porter en était ravi, et sa voix trahissait son émotion.

— Très bien. Je contacterai immédiatement le Président de la République française, et le ministre des Affaires extérieures contactera Monsieur Wolf pour régler les détails de la réunion de Saint-Pierre-et-Miquelon.

« Ah, oui, en passant — le Président de l'Union soviétique m'a donné un coup de fil pour recevoir confirmation de ce qui se passait et pour m'annoncer qu'il avait deux mots à vous dire au sujet de la souveraineté, de la sécurité, et des sous-marins. On dirait que vous avez reçu le message. Quand vous le rappellerez d'ici quelques minutes, Monsieur le Président, ayez l'obligeance de lui dire que je lui sais gré de son intervention.

Le Président raccrocha violemment.

Ottawa /
le 7 octobre 1980, 22h09

Les militaires avaient tenté en vain de convaincre le Premier ministre d'installer ses quartiers et l'administration dans le bâtiment souterrain d'urgence prévu en cas de guerre. Porter avait catégoriquement refusé. Depuis les premiers signes de l'intervention américaine, tout s'était passé trop vite. Il ne voulait pas quitter son bureau où le téléphone rouge et la ligne directe avec le chef d'état-major de la Défense étaient à portée de la main. Ces mêmes facilités auraient été mises à sa disposition dans les quartiers souterrains, mais il ne voulait tout simplement pas en entendre parler. Il lui suffisait de savoir que les militaires dirigeaient les opérations à partir de cet endroit sûr.

A 22h09, Porter, seul dans son bureau, était étendu sur le divan. Subitement en proie à une immense lassitude, il avait décidé, une demi-heure auparavant, de s'étendre pour quelques minutes. Ayant demandé à son proche ami le Sénateur Thomas, et au ministre de la Défense de bien vouloir tenir la barre dans le premier bureau et d'intercepter tout appel téléphonique, sauf s'il s'agissait du téléphone rouge ou de la ligne directe du chef d'état-major, il avait éteint toutes les lumières de la pièce à l'exception d'une petite lampe posée sur le bureau. Sa secrétaire lui avait apporté une couverture et un oreiller. Dès que sa tête avait touché celui-ci, il s'était endormi, et il n'avait pas bougé depuis.

A la première sonnerie du téléphone, cependant, il fut sur pieds et se dirigea vers le bureau. L'appel venait de la ligne directe du chef d'état-major de la Défense. Adamson se mit à parler tout de suite.

— Monsieur le Premier ministre, les dernières troupes américaines dans l'ouest traversent en ce moment la frontière en direction des Etats-Unis.

A moitié endormi encore quand le chef d'état-major avait commencé à parler, le Premier ministre était maintenant tout à fait éveillé.

— Parfait, général, parfait, dit-il. Je vous autorise, en conséquence, à libérer tous les avions de transport américains pour qu'ils regagnent leurs bases . . . Et, général . . . j'y reviendrai plus tard, mais vous ne pouvez savoir combien je vous suis reconnaissant, à vous et à toute votre équipe, d'avoir accompli cet incroyable miracle. C'est pour le moins fantastique.

— Merci, monsieur le Premier ministre, répondit simplement Adamson.

— Une dernière chose, reprit le Premier ministre. Il faut que je communique avec Pierre de Gaspé. J'aurai besoin de lui pour les négociations de Saint-Pierre-et-Miquelon. C'est seulement ce soir, quand j'ai commencé à former l'équipe pour les négociations, que j'ai su que de Gaspé, en plus d'être le président de Pétro-Canada, est commandant des Réserves de la région de Toronto et qu'il dirige l'opération Accueil à l'aéroport international de Toronto.

— C'est un homme exceptionnel, Monsieur le Premier ministre, sans l'ombre d'un doute. Je vais vous le trouver. Il est quelque part à l'aéroport international de Toronto. Il reste constamment en communication avec l'Unité mobile. Un de mes aides vous rappellera dans quelques minutes.

L'aéroport international de Toronto / mardi le 7 octobre 1980, 22h09

De Gaspé quitta la cour de contrôle pour faire une tournée rapide de la massive flotte aérienne de l'USAF. Celle-ci s'étalait sur tout le périmètre extérieur des rampes de stationnement de l'aérodrome. Les avions géants étaient vaguement silhouettés, presque fantomatiques, par les projecteurs de l'aérogare. Leurs moteurs auxiliaires ronronnaient, fournissant l'énergie nécessaire pour maintenir l'électricité et les communications radio à l'intérieur des avions. Il y avait de la lumière à l'intérieur des fuselages et des cockpits, mais on avait éteint tous les feux de navigation.

Quand la voiture de de Gaspé approcha de l'avion du commandant de l'opération Blueforce, il ne put résister à la tentation de s'arrêter pour faire la connaissance du général américain. Il stationna la voiture du ministère des Transports devant l'avion et en descendit, tenant à la main le microphone de la radio VHF. Il était branché sur la fréquence de la tour de contrôle. Levant les yeux — l'équivalent de trois étages plus haut, estima-t-il — vers la cabine éclairée, il put y apercevoir les figures de trois hommes assis qui attendaient.

— Commandant du Blueforce, ici le chef d'Accueil. Est-ce que vous m'entendez? Over.

Il vit bouger le capitaine.

— Commandant de Blueforce, Go.

— Bonsoir, général Smith. Je viens faire le tour de l'aéroport pour voir mes officiers commandants, et il m'a semblé de mon devoir de m'arrêter pour vous présenter mes hommages, en attendant que nos gouvernements respectifs décident de ce qu'ils vont faire maintenant.

De Gaspé, étonné, fut subitement baigné dans une lumière blanche aveuglante. Il s'y habitua au bout de quelques instants. Le général ouvrit la vitre latérale de la cabine et sortit sa tête. Les feux d'atterrissage brillant dans ses yeux empêchaient de Gaspé de bien voir son interlocuteur, mais il le voyait quand même.

Celui-ci, les cheveux coupés ras, avait un air sinistre. Il parla dans l'émetteur radio, avec son accent du sud qui n'avait plus rien de professionnel.

— J'savais pas que vous aut' Canadiens aviez autant de cran, mais je le sais maintenant, c'est sûr!

Même si de Gaspé sortait vainqueur de la bataille, la responsabilité de la mort de quelque 200 Américains pesait lourdement sur sa conscience.

— Peut-être, dit-il, quand ce spectacle sera terminé, quand vos oiseaux auront regagné leur nid — peut-être que nous pourrons nous rencontrer un jour pour prendre un verre ensemble et essayer de savoir ce qui s'est *vraiment* passé ce soir.

Une transmission urgente de Walnek empiéta sur la réponse du général.

— Chef d'Accueil, le général Christie attend votre appel. Il n'a pas voulu me donner de message, mais il a dit que c'est très urgent, extrêmement urgent. Over.

— J'y serai dans cinq minutes, répondit sèchement de Gaspé.

Faisant adieu de la main au général américain, de Gaspé remonta en auto et démarra en trombe, tous feux clignotants, en direction de la tour de contrôle située de l'autre côté de l'aéroport.

Comme il entrait en coup de vent dans la salle de contrôle, Walnek lui tendit le téléphone.

— Le général Christie.

De Gaspé, qui était un peu essoufflé d'avoir monté l'escalier en courant, attendit quelques secondes avant de parler.

— Oui, mon général.

— Pierre, les Américains ont tenu leurs promesses. Ils ont retiré toutes leurs troupes de l'Ouest. Le Premier ministre a autorisé la libération immédiate de tous les avions de transports de l'USAF, avec leurs équipages et passagers.

Le visage de de Gaspé s'épanouit en un grand sourire.

— C'est fantastique. Je vais tout de suite en informer mon général captif, le commandant de Blueforce, et le libérer.

— C'est ça. On en informe également tous les autres commandants à travers le pays. Ainsi, tous les Américains partiront en même temps. J'ai tenu à vous appeler moi-même, Pierre, parce que vous êtes le seul commandant qui ayez été obligé de leur tirer dessus. Je voulais que vous appreniez la nouvelle par ma bouche, et je saisis l'occasion pour vous dire que je suis ravi de la façon dont vous avez pris la situation en mains. Il fallait beaucoup de courage — et croyez-moi, le concensus par ici est que vous en avez en masse!

Christie ne laissa pas répondre de Gaspé.

— Une dernière chose. Le Premier ministre a été étonné d'apprendre que vous faites partie de la Réserve, et que vous êtes commandant militaire à l'aéroport de Toronto par surcroît. Il croyait que vous étiez censé être à cheval sur un pipe-line quelconque je ne sais où, en tant que président de Pétro-Canada. Je crois que ça lui a fait un coup terrible d'apprendre où vous étiez et ce que vous y faisiez. Apparemment, il veut vous voir de toute urgence pour discuter des modalités de sa réunion avec le Président américain et son équipe à Saint-Pierre-et-Miquelon.

— Oui, j'ai entendu parler de cette partie des accords.

Christie conclut:

— Il vous appellera vers 22h30 — gardez la ligne libre. Et, une fois de plus, merci pour le beau travail, Pierre.

De Gaspé raccrocha et tendit immédiatement la main vers le microphone VHF.

— Commandant de Blueforce, ici le chef d'Accueil. Over.

— Commandant de Blueforce, Go.

— J'ai des nouvelles pour vous, commandant de Blueforce. Le Premier ministre vient d'autoriser la libération de vos avions et de leurs passagers. Mes instructions sont que vous devez vous envoler le plus rapidement possible et regagner directement, je répète, directement, vos bases, ou l'endroit où vous avez embarqué vos passagers ou votre chargement.

La voix agréable revint immédiatement.

— Roger. Exécutons, chef d'Accueil.

— Et mes troupes, prévint de Gaspé, resteront sur un pied d'alerte et vous traqueront de leurs missiles jusqu'à ce que vous soyez hors de portée.

— Roger. — Puis: Commandant de Blueforce à tous les avions Blueforce. Allumez les moteurs, allumez les moteurs — Go. Je ferai une vérification d'allumage dans cinq minutes. Over.

C'était maintenant à Walnek d'intervenir.

— Tour de contrôle de Toronto à tous les avions Blueforce. Quand vous aurez démarré, et après le contrôle de votre commandant, soyez prêts à recevoir instructions de roulement. N'accusez pas réception maintenant.

Les moteurs s'allumèrent. Les feux de navigation se remirent à clignoter, devenant de plus en plus brillants, signalant le réveil de chaque avion. Puis, de Gaspé put voir de violentes flammes jaunes, bleues, vertes, lécher les tuyaux d'échappement. Très vite, elles diminuèrent et ne furent plus qu'une douce lumière bleue. Les moteurs se mirent à tourner au ralenti. Le ronronnement de tantôt était devenu une vibration de tonnerre au moment du démarrage.

— Commandant de Blueforce à Blueforce, répondez à l'appel. Go.

De Gaspé et Walnek écoutèrent les pilotes américains répondre l'un après l'autre. Les moteurs de chacun avaient démarré sans problèmes. Après le dernier appel, Walnek parla dans le micro.

— Tour de Toronto à tous les avions Blueforce. Tous les avions stationnés à l'est de la limite est du bâtiment Un emprunteront la piste 23 Gauche pour le décollage. Tous les avions à l'ouest de cette ligne, emprunteront la piste 32. Procédez en roulant dans l'ordre, et décollez à vos propres intervalles quand vous serez prêts. Après le décollage, maintenez surveillance visuelle pour tout signe d'autres avions. Vous êtes trop nombreux pour que le contrôle au départ ou le radar de Toronto puisse vous diriger. Dès le décollage, branchez-vous sur la fréquence de contrôle d'approche de Rochester, 119.55. Je répète, je répète, puisque je ne peux pas vous demander d'accuser réception individuellement.

Walnek répéta tout le message, et la voix du sud répondit.

— Tour de Toronto, ici le commandant de Blueforce. Avons reçu vos instructions qui sont . . . Et il les répéta, confirmant ainsi à Walnek que le commandant avait bien compris, et donnant aux commandants de bord l'occasion de les entendre une troisième fois.

— Commandant de Blueforce, je prends la voie de roulement, prends la voie de roulement maintenant.

Lentement et délibérément, la masse énorme — des objets ternes et presque invisibles dans l'obscurité, mais éclairés en partie par leurs propres feux — se mit à se déplacer en deux processions solennelles vers les pistes.

Le général donna d'autres instructions.

— Commandant de Blueforce à tous les avions Blueforce. Une fois en l'air, vous vous dirigerez individuellement vers les points d'embarquement initiaux de vos troupes ou chargements.

L'avion du général approcha de l'entrée de la piste 23 Gauche.

— Tour de Toronto, intervint Walnek, au commandant de Blueforce, la voie est libre pour le décollage. Le vent est légèrement de l'arrière à zéro-deux-cinq, à quinze milles à l'heure. Vous avez la voie libre pour virer à gauche sur votre cap. Premier avion sur la voie de roulement Delta, en route vers la piste 32, vous avez également le feu vert pour le décollage, virez à gauche vers votre cap ensuite. Tous les avions qui suivent dans l'ordre pourront décoller sans autre confirmation de la tour.

A travers les vitres limpides de la tour de contrôle, obscures à l'exception des faibles lumières bleues, de Gaspé pouvait entendre et sentir la vibration des gros réacteurs, poussés à leur pleine puissance. Le Starlifter du commandant de Blueforce, lourd de sa charge d'hommes, roula de plus en plus vite sur la piste, atteignit sa vitesse de décollage et se leva sans à-coups, avec grâce même, juste en face de la butte de la piste 32 où Blueforce 28 tournait sur la piste.

Au cours des 12 minutes suivantes, la nuit claire s'emplit, à des milles à la ronde, du rugissement continu des énormes réacteurs des Starlifter et du hurlement des turbopropulseurs des Hercules, tandis qu'ils s'empressaient, tel un troupeau d'oiseaux fuyant devant un danger subit, de s'éloigner de l'aéroport canadien.

Le téléphone sonna au moment où le dernier avion prenait son envol. Walnek répondit puis passa le récepteur à de Gaspé sans mot dire.

— Ici de Gaspé, dit le colonel en suivant des yeux l'envol du dernier avion.

La voix qui répondit avait des résonnances familières.

— Pierre, Tom Scott ici. Ne quittez pas, le Premier ministre veut vous parler.

Un instant plus tard, Robert Porter était à l'appareil. Sa voix était celle d'un homme heureux et confiant.

— Nom de Dieu, Pierre, commença-t-il avec bonne humeur, vous portez combien de chapeaux au juste? Je cherche partout le président de Pétro-Canada pour lui dire que j'ai besoin de lui tout de suite pour organiser la rencontre avec le Président, et où est-ce que je le trouve en fin de compte? Je le déniche à l'aéroport de Toronto où, en tant que commandant militaire, il joue un rôle critique dans l'opération Accueil!

« Je vous connais depuis des années, Pierre, mais j'étais loin de soupçonner seulement que vous étiez militaire. Je dois cependant vous avouer que ce soir, je suis ravi que vous le soyez! Vous savez, sans la Réserve, nous n'en sortions pas.

— Oui, vous avez raison, répliqua de Gaspé. Mais par ailleurs, regardons bien les choses comme elles sont:

c'est la Force régulière, toute réduite qu'elle soit, qui tient la barre depuis la guerre de Corée. Nous avons conçu l'opération Accueil en collaboration avec elle et avec les Anglais.

— Oui, c'est vrai, concéda le Premier ministre. Il changea ensuite le ton de sa voix. J'aurai à vous parler de la rencontre de Saint-Pierre-et-Miquelon, mais dites-moi d'abord ce qui se passe à l'aéroport international de Toronto. Est-ce qu'il y a encore des avions américains au sol?

— Non, le dernier s'envolait quand le téléphone s'est mis à sonner. Je le vois encore. En parlant, de Gaspé se tourna pour regarder par les fenêtres au nord de la tour, et ensuite à l'ouest et au sud. Je le vois encore, ainsi que les feux de navigation d'une vingtaine de ses copains qui s'en vont aussi vite qu'ils le peuvent vers leurs bases de l'autre côté de la frontière.

La voix du Premier ministre changea temporairement de registre.

— Je n'arrive pas encore à croire qu'ils nous ont vraiment attaqués. C'est incroyable, tout simplement incroyable. Et plus incroyable encore — en fait, c'est ridicule —, est que ce genre de situation ait pu se produire. Les Américains prennent notre appui pour acquis depuis tellement longtemps — leurs présidents ne venaient jamais en visite, leurs secrétaires d'Etat non plus. Ils ne savent rien du Canada. C'est dommage. Mais ils l'ont fait, et il n'y a pas moyen de retourner en arrière. Ce qui me désole le plus, c'est que vous ayez été contraint de détruire les deux avions.

De Gaspé fut immédiatement sur la défensive.

— Je n'avais pas le choix.

— Je le sais très bien, Pierre. Ce n'était pas un reproche. Je disais seulement que je regrettais que cela ait été nécessaire. Je suis d'accord avec vous — vous n'aviez vraiment pas le choix. Est-ce qu'il y a des survivants?

— Aucun, pas même de l'avion au sol. Nous allons commencer à nettoyer les dégâts tout de suite.

Ils en étaient arrivés au but de l'appel du Premier ministre.

— Eh bien, je crains qu'il ne faille laisser ce travail à d'autres, Pierre. J'ai besoin de vous à Ottawa. Il ne nous reste que quatre jours pour nous préparer avant la rencontre avec le Président. Et quand nous rencontrerons ce salaud-là, il va falloir que nous soyons préparés.

« Je voudrais que vous soyez à mon bureau du Bloc central à huit heures demain matin. J'ai donné ordre au chef d'état-major de vous relever de votre commandement. Un Jet Star viendra vous prendre à Downsview à 6 heures du matin.

Dans l'obscurité de la tour de contrôle maintenant silencieuse, de Gaspé voyait des phares qui convergeaient vers les débris de l'avion de transport éventré, mais son esprit ne s'éloigna pas de la conversation avec le Premier ministre.

— J'y serai.

— Bon, et Pierre, il me reste une dernière chose à vous dire . . . qui pourrait ne pas paraître très canadienne.

— Monsieur? demanda de Gaspé, étonné.

— Je suis drôlement fier de vous.

Hôtel Ile-de-France
Saint-Pierre-et-Miquelon /
mardi le 14 octobre 1980, 10 heures

Il en fallait beaucoup pour rendre Pierre de Gaspé nerveux; mais il l'était en ce moment.

Le Premier ministre lui avait demandé de le seconder lors des négociations. Ce matin, il fallait expliciter la position du Canada concernant l'adoption éventuelle d'un ou plusieurs des divers modes de transports suggérés pour acheminer le gaz naturel de l'Arctique canadien jusqu'aux marchés américains où on en avait si désespérément besoin.

De Gaspé jeta un regard autour de la vaste salle à manger toute neuve de l'hôtel Ile-de-France, convertie en salle de conférence à l'occasion de cette confrontation historique. Une partie de son esprit enregistra la scène, tandis qu'il passait en revue les faits, les chiffres et l'approche qu'il avait élaborés avec ses aides, et que le Premier ministre avait approuvés.

L'immense salle était du plus pur style normand: la pierre taillée et le mortier étaient sillonnés de poutres de bois contre le haut plafond blanc, avec des portes massives et minutieusement travaillées, et un parquet de bois reluisant. A la gauche de de Gaspé, au bout de la salle, il y avait un foyer de pierre sculptée. Derrière le siège du président de la séance, à l'extrémité de la longue table en U, un feu brûlait, jetant un peu de chaleur dans la salle glaciale. Mais la pièce se réchaufferait, de toute façon, au cours des négociations.

Le président de la séance n'avait pas encore fait son entrée dans la pièce, mais trois des quatre membres de son équipe étaient déjà assis à leurs places, de part et d'autre du fauteuil du président. Le Président des Etats-Unis et le Premier ministre du Canada tardaient également.

Le siège vide à la droite de de Gaspé était réservé au Premier ministre. Le ministre de l'Energie, des Mines et des Ressources occupait la chaise voisine, et le ministre des Affaires extérieures était assis à sa droite. De l'autre côté de de Gaspé, le président de la Commission nationale de l'Energie, Kenneth Atrill, jetait un coup d'œil autour de la salle. Il avait été nommé à son poste par le Premier ministre six semaines auparavant. Malheureusement, l'expérience qu'il avait acquise comme sous-ministre de l'Energie en Alberta, ne constituait pas une préparation adéquate à la tâche critique d'organiser et de mener les négociations, difficiles entre toutes, avec les Américains. Le Premier ministre avait compris que c'était Pierre de Gaspé, plutôt qu'Atrill, qui serait en mesure d'apporter l'aide la plus précieuse, et que celui-ci ne serait pas vexé par la grande confiance qu'il accordait aux conseils de de Gaspé.

Pierre se pencha vers Atrill.

— Une chance que les journalistes sont exclus.

Atrill hocha la tête en signe d'affirmation, et de Gaspé jeta un regard vers les hommes assis de l'autre côté de la table.

Irving Wolf était assis à droite du siège vacant du Président américain, les coudes sur la table, le nez pincé

SAINT-PIERRE ET MIQUELON

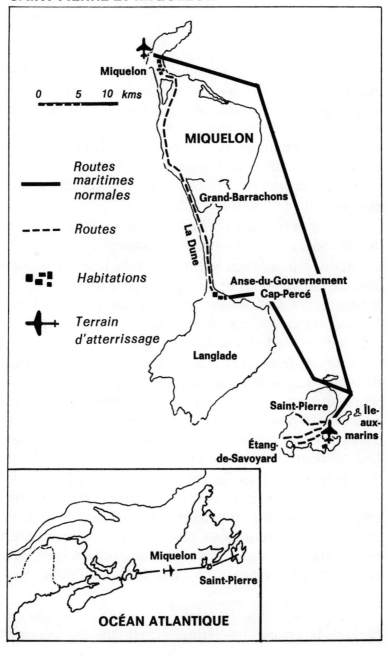

Miquelon

0   5   10 kms

MIQUELON

Routes
maritimes
normales

---- Routes

Habitations

Terrain
d'atterrissage

Grand-Barrachons

La Dune

Anse-du-Gouvernement
Cap-Percé

Langlade

Saint-Pierre

Île-
aux-
marins

Étang-
de-Savoyard

Miquelon

Saint-Pierre

OCÉAN ATLANTIQUE

entre deux doigts. A sa droite, le président de la Commission fédérale de l'énergie, un homme à la tête ronde et à la mâchoire carrée, fouillait dans ses papiers. Il n'avait pas proféré un mot au cours de la première journée des négociations, se contentant de gribouiller des notes qu'il passait au secrétaire d'Etat. Celui-ci les transmettait à son tour au Président quand il les jugeait dignes de l'attention de celui-ci.

A gauche du siège du Président se trouvait son tsar de l'énergie, alors secrétaire de l'Intérieur.

Assis juste derrière les membres de l'équipe de négociation, leurs aides se tenaient prêts à fournir instantanément des statistiques, des renseignements, des tableaux, des cartes, des photographies, et parfois même leur opinion, sollicitée ou non.

Il faisait froid dans la salle à manger de l'hôtel Ile-de-France au matin de la deuxième journée de la conférence historique. La construction, l'emplacement et le financement d'un système de transport pour acheminer du gaz naturel des îles arctiques canadiennes aux Etats-Unis, étaient à l'ordre du jour.

Le ministre français des Affaires étrangères avait présidé la séance de la première journée. Au cours de celle-ci, les chefs d'Etat américain et canadien s'étaient montrés froids et presque hostiles l'un envers l'autre, mais dans le feu croisé des délibérations, le respect des capacités de l'adversaire, bien fondé, s'était installé chez chacun.

Le premier sujet des négociations avait été résolu à la fin de la journée d'ouverture. Les Etats-Unis auraient désormais accès à cinquante pour cent du gaz naturel découvert dans les îles arctiques canadiennes, à un prix à la source légèrement inférieur à $1.00 américain les mille pieds cubes. En monnaie canadienne, cela donnait $0.89: à l'automne 1980, le dollar canadien était coté à 11% de plus que le dollar américain.

Le bavardage des participants qui attendaient cessa subitement: tous les regards se fixèrent sur les portes doubles à l'entrée de la salle. Il y eut immédiatement un bruit de chaises râclant le sol tandis qu'ils se levaient tous pour saluer les trois hommes qui entraient dans la pièce. En les conduisant vers la table de conférence, l'homme au centre tenait de la main gauche le bras du Président des Etats-Unis, et de la droite le bras du Premier ministre du Canada. Au grand étonnement de Pierre de Gaspé et de tous les autres, à l'exception des Français, l'homme au centre n'était pas le ministre français des Affaires étrangères, mais le très populaire Président de la République, qui était sur le point de terminer son premier mandat et qui, sous peu, briguerait de nouveau les suffrages.

Le Président de la République française, Valéry Giscard d'Estaing, grand, élégant, jeune encore à 55 ans, laissa ses deux collègues en approchant de la table de négociation. Chacun prit place à l'endroit qui lui était réservé. La deuxième journée de la conférence débuta. Le ministre français des Affaires étrangères, qui avait suivi les trois hommes dans la pièce, s'assit à la droite du Président de la République.

Quand chacun eut repris sa place, le président français se mit à parler.

— Monsieur le Président, Monsieur le Premier ministre, il ne fait aucun doute que je vous ai pris au dépourvu en arrivant sans avoir prévenu, il y a trente minutes. Comme je vous l'ai déjà expliqué, et je le répète pour le bénéfice de tous les membres et participants ici réunis, j'ai estimé de mon devoir personnel et de ma responsabilité envers chacun de vos deux merveilleux pays — le Canada et les Etats-Unis d'Amérique —, ainsi qu'envers leurs citoyens avec qui le peuple français entretient depuis toujours les rapports les meilleurs et les liens les plus serrés, en temps de guerre comme en temps de paix, en temps d'abondance comme en temps d'adversité — j'ai estimé de mon plus haut devoir d'assister personnellement à ces pourparlers.

Selon son habitude, le Président Giscard d'Estaing regardait alternativement, de façon délibérée et énergique, le Premier ministre et le Président.

— Une portion importante de la France se trouve au Canada, non seulement dans la belle province de Québec, mais aussi, dispersée, dans le pays tout entier. Il y a actuellement sept millions de Canadiens français au Canada; ce sont les descendants de ceux qui quittèrent la Normandie, la Bretagne et les Pays basques en même temps que ceux qui devinrent, au temps de Jacques Cartier, les premiers habitants de Saint-Pierre-et-Miquelon. Que ces deux petites îles soient, de nos jours encore, territoire français et non canadien, tient presque du miracle, et ravit la France tout entière.

Il eut un sourire pincé.

— Par ailleurs, le fait même que ces deux îles existent en ce lieu et qu'elles constituent un département français à l'intérieur même de l'ensemble géographique nord-américain, sera une surprise totale pour les 250 millions de gens qui habitent vos deux pays magnifiques.

Cette remarque suscita des sourires complices un peu partout dans la salle.

— Messieurs, la nature du désaccord qui divise vos deux pays, l'action militaire que l'on a entreprise et ses ramifications et l'issue de cette rencontre, sont d'une importance capitale. Leurs conséquences se répercuteront sur la stabilité économique et politique de l'Occident tout entier. Je considère personnellement qu'il est de la plus haute importance que vous régliez vos différends amicalement. C'est pourquoi, Monsieur le Premier ministre, j'ai accordé l'autorisation de tenir les pourparlers ici, sur ces îles qui représentent un sol neutre, dès que vous me l'avez demandé. C'est pour la même raison que j'ai laissé toutes les affaires d'Etat en instance pour venir participer à vos délibérations aujourd'hui.

Le visage du Président, long et sérieux, s'épanouit en un sourire.

— Eh bien, messieurs . . . Il sortit ses lunettes et les mit en prenant en main la feuille posée devant lui.

— Le sujet de la discussion aujourd'hui est le mode de transport à établir pour acheminer le gaz naturel des îles arctiques canadiennes jusqu'au marché américain, vers la région Boston-New York sur la côte est, et la région Détroit-Chicago dans le Mid-West.

Le président américain se pencha vers sa droite pour chuchoter rapidement quelque chose à l'oreille d'Irving Wolf, puis regarda de nouveau Giscard d'Estaing.

— Monsieur le Président, je demande la parole pour exposer la position des Etats-Unis à ce sujet, si vous le permettez.

Le président français chercha des yeux le Premier ministre. Celui-ci opina de la tête.

— Veuillez procéder, Monsieur le Président, répondit Giscard d'Estaing.

Le Président ne lisait pas son texte, se contentant de jeter un coup d'œil à ses notes de temps en temps, tout en parlant.

— Il s'agit donc du transport d'importantes quantités de gaz naturel en ligne droite sur une distance de 2,500 à 3,000 milles, comprenant les terrains les plus impraticables, les conditions climatiques les plus difficiles et la traversée de cours d'eau et de glace qui sont parmi les plus inabordables du monde. On ne peut mettre en doute le besoin des Etats-Unis de cette ressource précieuse. La pénurie de gaz naturel s'est déjà avérée désastreuse pour les Etats-Unis, à tel point que j'ai dû tenter d'annexer par la force le Canada, démarche qui nous a finalement conduits à cette table. Permettez-moi de préciser, Monsieur le Président, que c'était là une initiative que je ne désirais pas prendre à l'encontre de nos amis canadiens, mais dans les circonstances je ne croyais pas, en tant que président des Etats-Unis, avoir d'autre choix. Le fait que l'action militaire que nous avons engagée contre le Canada fut incontestablement l'invasion la moins belliqueuse que l'histoire ait jamais connue, témoigne de ma réticence à attaquer nos voisins du nord.

Le Premier ministre s'adossa à son fauteuil en souriant.

Le Président, de toute évidence, était mal à l'aise.

— Il faut que les Etats-Unis prennent livraison du gaz naturel dans les plus brefs délais. Mais, par ailleurs, nous devons équilibrer la rapidité requise et le coût de livraison. Si nous construisons un pipe-line — et comme vous le savez, Monsieur le Président, je reviens des îles arctiques où j'ai pu constater de près l'efficacité d'une nouvelle méthode d'installation de grands pipe-lines sous l'épaisse couche de glace arctique — dans ce cas, il faudra compter encore trois ans pour la construction du pipe-line. Il faudra que celui-ci parte de la source principale du gaz, l'île de Melville, vers l'est jusqu'à l'île de Cornwallis, puis au sud par l'île de Somerset et la péninsule de Boothia, et ensuite qu'il descende la côte ouest de la baie d'Hudson pour traverser le Manitoba et l'Ontario jusqu'aux Etats-Unis; ou bien, qu'il descende vers l'est à partir de la péninsule de Boothia par l'île de Baffin, à travers la province de Québec jusqu'aux Etats-Unis.

« Il existe peut-être d'autres méthodes de transport par lesquelles nous pourrions prendre livraison du gaz, mais de telles méthodes sont, sans exception, extrêmement coûteuses et leur coût opérationnel ne peut pas, même de loin, concurrencer le prix de revient du pipe-line, une fois qu'il sera installé.

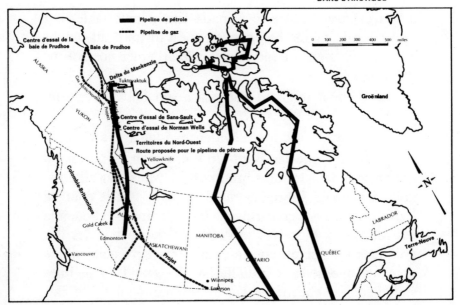

Le Président déposa ses notes et enleva ses lunettes.

— D'après les conseils de mes experts, Monsieur le Président — il jeta un coup d'œil aux hommes assis à sa gauche et à sa droite en souriant — et je peux vous dire qu'il m'arrive de souhaiter n'avoir ni experts ni conseils . . . en tout cas, mes experts m'informent que, si l'on se fie à la réussite des expériences sous-marines menées dans le canal de Byam entre l'île de Byam et l'île de Melville, dans la perspective d'économie à long terme, nous pouvons défrayer le coût de la construction d'un pipe-line entre les îles arctiques canadiennes et les Etats-Unis.

« Aussi longtemps que la construction du pipe-line ne sera pas terminée, nous n'aurons pas d'autre choix que de souffrir comme nous avons souffert dans le passé. Et je dois dire que si les Canadiens avaient bien voulu accéder à nos demandes trois ou quatre ans plus tôt, les Américains ne vivraient pas cette crise dramatique, nos citoyens ne gèleraient pas l'hiver, nos usines n'auraient pas à fermer leurs portes!

Robert Porter se rebiffa, rougissant. De Gaspé eut l'impression qu'il allait s'attaquer vertement au Président.

Au contraire, le Premier ministre garda son sang-froid et ne changea rien à son attitude conciliante.

— Monsieur le Président, comme le Président des Etats-Unis le sait très bien, mon parti et mon gouvernement sont au pouvoir depuis très peu de temps. Je comprends qu'il ressente une certaine frustration par rapport aux démarches infructueuses qu'il a pu entreprendre auprès de mes prédécesseurs. Mais je dois dire que le Président me désoblige en me tenant rigueur du refus d'octroyer aux Etats-Unis le gaz naturel dont ils ont besoin, quand je n'en suis pas responsable. Si l'on veut que les présentes négociations portent fruit, Monsieur le Président, je voudrais suggérer respectueusement au président américain, par votre intermédiaire, que, avant qu'il n'engage à nouveau la bataille, il doit comprendre qu'il vient de perdre une guerre.

Le Président mordit à l'appât.

— Pas si vite, Porter! Maudit . . . Il secoua un poing menaçant en direction de Porter.

Le Président Giscard d'Estaing intervint aussitôt.

— S'il vous plaît, messieurs. Je comprends vos différends et les sentiments qui vous animent, mais il s'agit de discuter des modes de transport. Monsieur le Président, vous nous avez présenté votre choix en des termes énergiques.

Giscard se tourna vers Porter.

— Quelle réponse formelle fait le Premier ministre?

Robert Porter se pencha en avant, s'appuyant sur la table de conférence. Il n'ouvrit pas le dossier devant lui et ne consulta pas ses notes. Il commença sa réplique, les yeux fixés sur le président de la séance, mais son regard rencontra bientôt directement celui du président américain.

— Monsieur le Président, permettez-moi de dire que depuis le début de la crise d'énergie aux Etats-Unis, les Canadiens ont compris, et comprennent la situation pénible dans laquelle se trouve le peuple américain. Le fait que le Président, à titre de commandant suprême des Forces armées américaines, ait tenté d'annexer le Canada par la force, même si cette tentative fut un échec, m'a profondément marqué, ainsi que tous mes compatriotes. Fort heureusement, les citoyens du Canada considèrent que cette démarche fut l'acte d'un seul homme, et qu'elle n'exprime aucunement les désirs ou les aspirations réels du grand peuple américain.

La remarque suivante s'adressa directement au président américain.

— On aurait pu croire, Monsieur le Président, que l'exemple de votre prédécesseur immédiat, qui avait tendance à prendre trop rapidement et trop souvent ce genre de position isolée, eût suffi à vous empêcher d'entreprendre une action militaire contre nous.

Il fallait maintenant se montrer conciliant.

Le Premier ministre s'adressa de nouveau au président français.

— Monsieur le Président, ceci étant dit, permettez-moi de vous dire que, non seulement je comprends le besoin urgent des Etats-Unis de trouver une source nouvelle de gaz naturel dans le plus bref délai, mais je comprends également l'histoire d'amour qui lie les Américains — et plus particulièrement les gens des compagnies pétrolières et gazières du Texas — avec le pipe-line. Tous ceux qui œuvrent dans le monde du pétrole, jusqu'au dernier, sont tellement entichés de ce tuyau, qu'on le croirait entouré de poils!

On toussota ici et là autour de la table. Porter s'arrêta un instant.

— Il existe cependant d'autres méthodes qui permettraient de sortir le gaz naturel des îles arctiques. Je voudrais les passer rapidement en revue avant de présenter la contre-position du Canada à la proposition du Président.

Giscard d'Estaing opina de la tête, et Porter ouvrit pour la première fois son dossier pour consulter ses notes.

Le président américain se laissa aller contre le dossier de son fauteuil. Depuis que l'approche de Porter avait semblé moins hostile, sa propre agressivité avait diminué.

Wolf prenait des notes.

Ayant ajusté ses lunettes, Robert Porter reprit.

— Monsieur le Président, je serai bref pour la simple raison que le Président et ses conseillers connaissent très bien toutes les solutions de rechange. J'en fais mention pour le procès verbal.

« Si on ne construit pas de pipe-line, on aura le choix entre le transport en sous-marin, en avion, en avion super-léger, ou en navire-citerne. Si l'on adopte l'une de ces quatre méthodes, ou plusieurs à la fois, il faudra liquéfier le gaz, c'est-à-dire réduire sa température à —260° F. Le gaz liquide doit alors être versé dans des contenants spéciaux à l'épreuve de l'air et maintenu à une température constante. C'est dans ces contenants qu'on transporte le gaz.

« L'avion super-léger a de graves désavantages en tant que transporteur de ressources sur des longues distances ou, dans ce cas-ci, à courte distance, surtout dans l'Arctique, où il y a risque de formation de glace à l'extérieur de l'avion.

Le Président des Etats-Unis, pilote de grande expérience, aquiesça de la tête.

— En outre, de tels avions ont une charge utile relativement restreinte, et ils sont difficiles à manœuvrer par grand vent. On mène néanmoins des recherches du côté du dirigeable, surtout en URSS et en Angleterre. J'éliminerais cependant l'utilisation de ce moyen de transport s'il s'agit de transporter de grandes quantités de gaz 24 heures par jour.

Il s'attendit à une objection de la part du président américain, mais celui-ci ne réagit pas.

— Les possibilités du sous-marin sont sans doute plus intéressantes. La compagnie américaine General Dynamics travaille depuis de nombreuses années à la mise au point d'un sous-marin de 150,000 tonnes de charge utile environ, qui pourrait opérer sous la couche de glace des îles arctiques. Ils ont mené ce projet des planches à dessin au stade expérimental. Ces sous-marins pourraient prendre livraison du gaz naturel liquide à des stations spéciales installées sous l'eau et sous la glace, pour le transporter jusqu'aux ports en eau libre à l'extrémité est du passage du Nord-Ouest, où il serait transbordé dans des navires-citernes spécialement aménagés à cette fin. Ces navires l'achemineraient à leur tour vers les ports américains où on le déchargerait, pour le reconvertir en forme gazeuse et le propulser dans les pipe-lines existants.

« Il y a également l'avion lourd. Boeing fabrique actuellement un transporter géant de ressources affecté au transport du pétrole brut de l'île de Melville jusqu'à la baie de Prud'hoe où on l'envoie dans le réseau étendu de pipe-lines allant de la baie de Prud'hoe à Valdez. A Valdez, on le transborde dans des navires-citernes qui le transportent jusqu'à la côte ouest inférieure des Etats-Unis. On pourrait facilement convertir cet avion, qui a également une charge utile de plus de 2,3 millions de tonnes, pour le transport du gaz naturel, et il suivrait la même route.

Le président Giscard d'Estaing l'interrompit.

— Vous parlez de routes qui ne passent pas à travers le Canada. J'aurais cru que vous aviez l'intention d'implanter un tel système sur votre propre territoire.

— Vous avez raison de soulever cette question, Monsieur le Président. Si vous le permettez, j'y reviendrai dans quelques minutes.

« Il existe déjà une flotte assez restreinte de Boeing 747 spéciaux, des avions de fret conçus pour transporter du gaz naturel liquide. Ces unités sont affectées au transport du gaz en sol canadien. Il est converti en gaz liquide à l'île King Christian. On le transporte ensuite par avion jusqu'à un port en eau libre, à l'île de Devon, à l'extrémité est du passage du Nord-Ouest. Là, on le transborde dans des navires-citernes de classe 10, renforcés contre la glace. Ces navires l'acheminent vers le sud à travers le détroit d'Hudson jusqu'à la baie d'Hudson et la baie James. On le décharge dans un nouveau port en eau profonde, Jamesport. Celui-ci est situé sur la côte est de la baie James, à environ 35 milles au nord de Moosonee dans le nord de l'Ontario. Là, le gaz naturel liquide est reconverti en forme gazeuse et purifié — on a récemment construit une usine pétrochimique à Moosonee à cette fin — et il entre dans le réseau normal de distribution des marchés du sud du Québec et de l'Ontario.

« Dans ce système, les 747 fonctionnent pendant les cinq mois d'hiver, alors que la glace dans les îles arctiques empêche même les navires fortifiés de classe 10 de s'y frayer un chemin. Les conditions de glace, ajoutées à la noirceur totale qui règne dans l'Arctique, rendent la navigation impossible en hiver. Ce système comporte déjà six navires de classe 10. Les chantiers navals des Etats-Unis, de la France, du Royaume-Uni et du Japon pourraient en construire de nombreux autres, et ce, très rapidement.

« L'usine de liquéfaction de gaz qui fonctionne actuellement sur l'île de King Christian a été construite aux Etats-Unis, assemblée à Newport News sur des chalands spécialement conçus à cette fin et remorquée jusqu'aux îles arctiques. On l'a installée à son emplacement permanent il y a eu un an l'été dernier.

Le président américain était à bout de patience.

— Que vient faire ici cet inventaire interminable? Nous sommes prêts à construire un système de pipe-line direct à partir des îles arctiques, à nos frais. Nous le construirons nous-mêmes. Tout ce que vous avez à faire, c'est de nous octroyer les droits de passage.

Le Premier ministre fit non de la tête.

— S'il fallait que ce soit un pipe-line, Monsieur le Président, alors il faudrait qu'il soit propriété canadienne, sous contrôle canadien, et il faudrait que ce soit le Canada qui le finance et qui le construise. Dans ce cas, il faudrait que nous empruntions des fonds aux Etats-Unis et ailleurs dans le monde. Par ailleurs, la construction d'un pipe-line poserait également d'autres problèmes fondamentaux. Premièrement, il faudrait conclure d'autres accords avec les indigènes dont les terres seraient affectées par le pipe-line. Ensuite, nous aurions à faire face aux objections de tous ceux qui se préoccupent des dommages possibles à l'écologie. De plus, il y a les

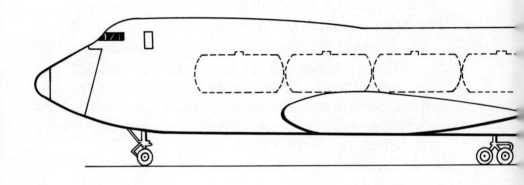

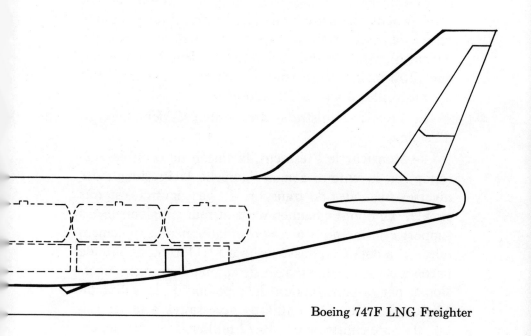

Boeing 747F LNG Freighter

frictions entre le Québec et le Manitoba que soulèverait la décision de faire passer le pipe-line par une de ces deux provinces. Autrement dit, le pipe-line serait une source de conflit dans un pays qui ne tient déjà plus que par un fil. Mais je dois avouer, Monsieur le Président, que votre malheureuse tentative de nous annexer a fait des merveilles pour l'unité nationale.

Le Premier ministre s'adressa au Président Giscard d'Estaing.

— Monsieur le Président, la raison de cette énumération, ou inventaire comme l'appelle le Président, des diverses méthodes de transport du gaz naturel, est très simple. Le dollar canadien ne peut tout simplement pas supporter la moindre pression inflationniste supplémentaire. Il a déjà été poussé jusqu'à $1.11 U.S., en grande partie à cause du flux massif de capitaux étrangers occasionné par la construction du pipe-line de la vallée du Mackenzie. Des $10 milliards nécessaires à la réalisation de cette construction, $6.72 milliards ont été dépensés au Canada pour le matériel et les services.

« De plus, on a dépensé plus de $8 milliards dans la province de Québec depuis 1973 pour le projet de la baie James; $12 milliards en Alberta pour les usines de pétrole synthétique dans les sables bitumineux de l'Athabaska; et, pendant la même période, environ $9 milliards pour les usines d'électricité nucléaire et les usines d'eau lourde qu'elles nécessitent.

« Le capital nécessaire au financement de ces investissements énormes a été puisé dans tous les marchés financiers du monde. L'entrée de tant de capitaux étrangers sur le marché canadien, ajoutée à un excédent important et ininterrompu apporté par la vente de nos ressources à l'état brut, a mis notre dollar dans une position très forte. Par conséquent, nos industries secondaires, nos fabricants dont les produits doivent maintenant se vendre sur les marchés étrangers à $1.11 U.S., quand on peut se procurer les mêmes produits de fabrication américaine à $1.00, ne peuvent plus rivaliser avec leurs concurrents. Nous faisons face à la situation suivante: des usines, partout au Canada, doivent fermer leurs portes; et le taux de chômage ne cesse d'augmenter, quand en fait notre économie devrait être des plus prospères.

Robert Porter parlait calmement, sûr de lui.

— Mes conseillers me disent que, à leur avis, si l'on construit un pipe-line à partir des îles arctiques canadiennes jusqu'à la frontière américaine, le coût en sera à peu près de $12 milliards et que la pression qui en résulterait sur la main-d'œuvre, l'équipement, les services et les fournitures, ferait monter encore plus les prix au Canada, dans une période d'escalade continue. Mais, plus important encore, il y a de fortes chances que le dollar canadien subisse une pression encore plus forte, et soit coté à $1.25 U.S. dans deux ans. Cela serait totalement inacceptable pour le Canada et provoquerait l'effondrement des secteurs industriel et manufacturier de notre économie, en plus de détruire nos marchés d'exportation de céréales et de produits agricoles.

« Je suis convaincu que le Président et ses conseillers hautement qualifiés savent très bien de quoi je parle.

Le Président n'intervint pas.

Le Premier ministre poursuivit.

— Pour toutes ces raisons, Monsieur le Président, la position du Canada est simple et claire. Les Etats-Unis auront accès au gaz naturel des îles arctiques canadiennes, mais le système de transport qui sera construit pour l'acheminer vers le marché américain, doit être construit et financé à l'extérieur du Canada, qu'il soit composé de sous-marins, d'avions, de navires-citernes, ou de tous ensemble.

« De plus, les usines de liquéfaction du gaz devront être construites hors des frontières canadiennes. Le capital pour la réalisation du réseau de transport, quelle qu'en soit sa forme, devra provenir des marchés financiers étrangers, et il devra être dépensé dans un pays autre que le Canada.

« Les navires-citernes, les avions et les sous-marins peuvent être fabriqués et mis en opération beaucoup plus rapidement qu'un pipe-line. Puisque le temps est un facteur essentiel pour le peuple américain qui attend désespérément l'arrivée de ce gaz, je me serais attendu à ce que le Président soit davantage intéressé par d'autres modes de transport que le pipe-line.

« Pour ces raisons, Monsieur le Président, conclut Porter, la position du Canada est celle-ci: la construction d'un pipe-line pour l'acheminement du gaz naturel des îles arctiques canadiennes jusqu'aux frontières américaines est, dans la conjoncture actuelle, inadmissible. Par ailleurs, nous ferons tout ce que nous sommes en mesure de faire pour faciliter le développement de la navigation fluviale, maritime et aérienne, dans le but d'aider les Etats-Unis à mettre sur pied un réseau de transports par mer et par air.

Le Premier ministre s'adossa à son fauteuil puis, se penchant vers de Gaspé, lui demanda s'il devait ajouter autre chose. Selon de Gaspé, il n'y avait rien à ajouter.

Le président des Etats-Unis garda le silence pendant quelques secondes, en regardant le jeune et astucieux Premier ministre assis de l'autre côté de la table. Il ne fallait pas répondre du tac au tac.

Le Président ne demanda conseil à personne. Il se tourna finalement vers Giscard d'Estaing et parla, allongeant le plus possible son parler déjà languissant du Texas.

— Monsieur le Président, comme je vous l'ai déjà signalé avant l'ouverture de cette séance, je suis en pleine campagne électorale, et il importe que je m'en aille d'ici le plus vite possible. Je dois assister à un grand banquet d'ouverture ce soir même à Houston, et il faut auparavant que je passe à la Maison Blanche pour régler quelques affaires urgentes.

Le président français, dont la campagne électorale était imminente, hocha la tête d'un air compréhensif.

— Oui, je pourrais bien rester assis ici pendant deux ou trois jours pour discutailler, Monsieur le Premier ministre, sur ces mêmes points, mais je n'en ai pas le temps et de toute façon cela n'aurait pas de bon sens. Ce qui en a, à mes yeux, c'est de reconnaître la position économique du Canada et le danger d'une plus grande usure de l'économie par d'autres hausses de son dollar. C'est clair comme de l'eau de source.

« En outre, vous avez tout à fait raison. Les gens des compagnies pétrolières considèrent en effet les pipe-lines comme s'ils étaient entourés de poils, et il est grand temps qu'ils changent leur façon de voir les choses . . . et qu'ils cessent d'influencer les gens comme moi.

« Eh bien, vous nous avez accordé l'accès au gaz naturel là-haut dans l'Arctique, et vous avez établi un prix à la source qui est raisonnable — je crois que ce n'est que justice que de nous incliner devant la position que vous adoptez en ce qui concerne le mode de transport.

Irving Wolf tira le Président par la manche, mais celui-ci l'ignora, ne souhaitant qu'en finir au plus vite.

— Les Etats-Unis vous sont infiniment reconnaissants, Monsieur le Président, de votre présence utile et rassurante lors de ces procédures importantes. Nous vous remercions également d'avoir bien voulu mettre ce terrain neutre à notre disposition dans un si bref délai. L'amitié de ce grand peuple que sont les Français, est et sera toujours d'un prix inestimable pour les Etats-Unis.

Se levant et se tournant vers Robert Porter, le Président poursuivit.

— Et, Monsieur le Premier ministre, je ne serais pas tout à fait franc si je négligeais de vous assurer de mon admiration et de mon estime, l'estime d'un Texan. Vous les avez gagnées, non seulement par la façon dont vous vous êtes comporté aujourd'hui, mais également par votre habileté à prendre en mains le cours des événements la semaine dernière. Je regrette seulement d'être tombé dans le piège que mes prédécesseurs m'avaient tendu, en vous sous-estimant, vous et le Canada, et en négligeant de faire l'effort d'aller vous voir pour discuter de la situation avant d'agir.

Etats-Unis d'Amérique /
octobre-novembre 1980

Dès la clôture de la conférence de Saint-Pierre-et-Miquelon le 14 octobre 1980, le Président des Etats-Unis s'était relancé dans la campagne électorale. D'un bout à l'autre des Etats-Unis, il avait clamé sa fierté: n'avait-il pas résolu la crise du gaz naturel en acculant les Canadiens au pied du mur?

Son adversaire était un jeune sénateur du Michigan, David Dennis. Orateur exceptionnel, celui-ci était soutenu par les « United Auto Workers of America ». Avocat spécialisé en droit du travail, il avait défendu les intérêts des travailleurs de l'automobile tout au long de sa carrière professionnelle, jusqu'à ce que la politique lui fasse abandonner son poste de négociateur pour devenir maire de Détroit d'abord, sénateur ensuite.

Lors de la controverse sur l'énergie et la confrontation avec les Canadiens, Dennis s'était trouvé de l'autre côté de la barrière. Dans sa campagne électorale, il soulignait le fait que le Président n'avait pas obtenu davantage des Canadiens en les attaquant que lui, Dennis, n'aurait obtenu en acceptant leur offre raisonnable de négocier. Le Président avait humilié les Etats-Unis aux yeux de ses propres citoyens et du monde entier, en tentant de s'emparer du Canada par la force et, pire encore, en échouant.

David Dennis gagna l'élection.

Tout comme l'homme qu'il avait vaincu, Dennis était un dur à cuire et un négociateur sévère. De taille moyenne, mince, le nouveau président avait le geste rapide et agile. Son physique et sa présence en imposaient. Des yeux profonds, presque gris, semblaient dominer son visage long et étroit, couronné par une toison de cheveux poivre et sel. Son teint brun faisait mieux ressortir des dents étonnamment blanches, qu'il montrait souvent — Dennis souriait beaucoup, et avec plaisir.

C'était un orateur hors pair et un homme qui passait de façon superbe l'épreuve de la télévision.

Dennis, politicien chevronné, avait fait sien le principe attribué à Gandhi: « Voilà mon peuple. Je dois le suivre car je suis son chef. »

David Dennis était, incontestablement, le nouveau chef du peuple américain.

Il était également le premier Juif à devenir président des Etats-Unis d'Amérique.

Ottawa /
vendredi le 23 janvier 1981, 16h28

Les négociations avec les peuples indigènes avaient été fructueuses. On avait conclu une entente monétaire semblable à celle intervenue entre le gouvernement américain et les indigènes de l'Alaska, sauf que les sommes impliquées dans les accords canadiens étaient plus importantes. Les indigènes recevaient 750 millions de dollars en espèces, 60 millions d'acres de terre dans le couloir de la vallée et dans le delta du Mackenzie, ainsi que dans le Yukon. Ils obtenaient aussi 750 millions de dollars supplémentaires, à prélever à long terme sur une redevance annuelle de 2% de la totalité de la production de pétrole et de gaz de la région. L'argent devait être versé aux corporations coopératives régionales, qui étaient contrôlées à cent pour cent par les indigènes eux-mêmes. Ils gardaient toute liberté de disposer de l'argent de la façon qu'ils jugeraient convenable, sans intervention gouvernementale. Chaque coopérative devait choisir les terres dont elle deviendrait propriétaire, mais les tracés des pipe-lines et les terres où l'on prévoyait déjà construire des routes ou des chemins de fer, étaient exclus au préalable. Tout terrain dont les indigènes prendraient possession, serait sujet aux mêmes lois que les terrains partout au Canada, c'est-à-dire qu'ils seraient sujets à l'expropriation par la Couronne pour fins de construction des routes, des chemins de fer, ou d'autres facilités de transport ou de communications. On avait réussi à conclure ces ententes à la mi-janvier 1981.

C'est alors que de Gaspé, sachant que le problème indigène était résolu et ne préoccupait plus le Premier ministre, jugea que le moment était venu d'aborder celui-ci pour exposer sa proposition d'émettre une offre de rachat de la compagnie Exxon.

Le moment était opportun.

Les Américains avaient été renvoyés chez eux, tout penauds. Les Canadiens étaient au septième ciel et se sentaient prêts à relever n'importe quel défi. On découvrait tous les jours de nouvelles réserves de pétrole brut dans les îles arctiques canadiennes et dans le delta du Mackenzie. Pétro-Canada augmentait toujours ses activités d'exploration, mais n'avait pas encore pu se lancer dans le raffinement et la mise en marché des produits pétroliers. De Gaspé voulait désespérément installer des raffineries qui traiteraient le pétrole brut que Pétro-Canada produisait et celui que la compagnie achetait au large des côtes. Mais toutes les facilités de raffinerie au Canada étaient entre les mains des six grands.*

Si Pétro-Canada vendait du mazout et de l'essence au détail, la situation changerait radicalement. La compagnie serait alors capable d'opposer une concurrence canadienne aux compagnies étrangères, et sa présence sur le marché au détail freinerait nettement la hausse des prix. Le public s'inquiétait de plus en plus du fait que les compagnies pétrolières faisaient des profits immenses

---

* *Imperial (Esso, Exxon), Gulf, Texaco, Sun Oil (Sunoco), BP et Shell.*

sur le dos du consommateur. En Ontario, le prix de l'essence était passé de 69, 70 cents le gallon en 74, à $1.05 en 81.

Dans l'esprit de de Gaspé, la question était la suivante: plutôt que de mettre sur pied une compagnie pétrolière intégrale, pourquoi ne pas en acheter une? Et où trouver de meilleur candidat que son ancienne compagnie, la Corporation Exxon? C'était la plus grande, la plus étendue, la plus puissante de toutes les compagnies. De plus, de Gaspé la connaissait bien. Il connaissait les gens qui occupaient les postes importants, il avait étudié dans le détail ses méthodes opérationnelles et son mode de fonctionnement, et il connaissait, également dans le détail, sa manière de distribuer ses capitaux à travers le monde.

Le but premier de de Gaspé était de mettre la main sur l'Imperial Oil Ltée, la filiale canadienne de l'Exxon. L'Imperial était la plus importante compagnie pétrolière au Canada, celle dont, idéalement, Pétro-Canada devait prendre le contrôle. De l'avis de de Gaspé, cependant, le seul moyen de mettre la main sur l'Imperial était de fusionner Pétro-Canada et le parrain de l'Imperial, Exxon, pour prendre le contrôle de celle-ci.

De Gaspé rencontra le Premier ministre tard dans l'après-midi du 23 janvier 1981, dans le bureau de Porter, au Bloc central. De Gaspé alla droit au but.

— Monsieur le Premier ministre, je propose que Pétro-Canada émettre une offre de rachat de l'Exxon.

Le Premier ministre en fut abasourdi.

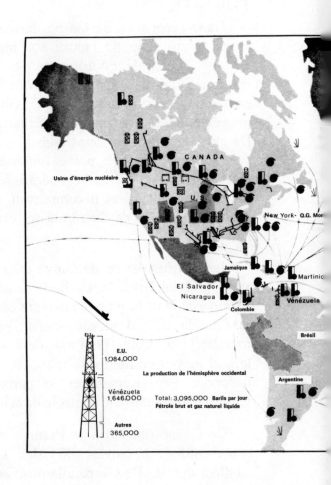

Usine d'énergie nucléaire

CANADA

U.S.

New York· Q.G. Mor

Jamaïque

Martinic

El Salvador
Nicaragua

Vénézuela

Colombie

Brésil

Argentine

E.U.
1,084,000

Vénézuela
1,646,000

Autres
365,000

La production de l'hémisphère occidental

Total: 3,095,000 Barils par jour
Pétrole brut et gaz naturel liquide

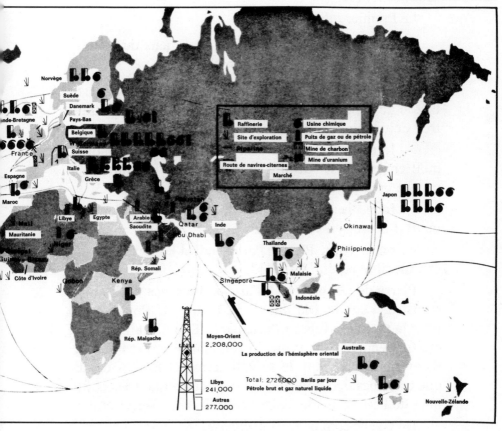

Norvège

Suède

Danemark

Pays-Bas

ande-Bretagne

Belgique

France

Suisse

Italie

Espagne

Grèce

Maroc

Mali

Libye   Egypte

Mauritanie

Arabie
Saoudite

Qatar   Inde

ou Dhabi

Guinée-Bissau

Côte d'Ivoire   Gabon

Kenya

Rép. Somali

Thaïlande

Okinawa

Philippines

Singapore

Malaisie

Indonésie

Rép. Malgache

Japon

Raffinerie   Usine chimique

Site d'exploration   Puits de gaz ou de pétrole

Pipeline   Mine de charbon

                        Mine d'uranium

Route de navires-citernes

            Marché

Moyen-Orient
2,208,000

La production de l'hémisphère oriental

Australie

Libye
241,000

Autres
277,000

Total: 2,726,000 Barils par jour
Pétrole brut et gaz naturel liquide

Nouvelle-Zélande

— Exxon? répliqua-t-il. Pierre, vous avez perdu les pédales, ma foi . . .

— Peut-être, mais écoutez ce que j'ai à dire avant de vous prononcer.

Le Premier ministre rit.

— Allez-y. Mais je ferais peut-être mieux de prendre un sédatif avant que vous ne commenciez.

De Gaspé sortit deux copies de son mémoire sur Exxon de sa serviette, et en tendit une au Premier ministre. Celui-ci la repoussa.

— Je ne veux pas lire cela maintenant. Dites-moi ce qu'il en est, et si l'affaire m'intéresse, je le lirai. Il se pencha et appuya sur la manette de l'intercom.

— Joan, veuillez prendre mes appels pendant un quart d'heure, s'il vous plaît.

« Bon, à vous, Pierre. Parlez-moi d'Exxon. Puis, incrédule, il se répéta: Exxon!?

Pierre de Gaspé était à l'aise en présence du Premier ministre. Leur amitié datait du temps où Porter entra pour la première fois au Parlement. Elle n'avait cessé de croître depuis. Depuis que Porter était Premier ministre, ils avaient l'occasion de se voir souvent, surtout depuis que certaines décisions importantes concernant les politiques de Pétro-Canada étaient entre les mains du Cabinet.

De Gaspé commença son exposé.

— D'abord, examinons les raisons qui justifieraient l'achat. Depuis la guerre d'octobre qui opposa les Egyptiens aux Israéliens, en 1974, et l'embargo du pétrole brut qui en résulta, le prix de ce dernier sur le marché mondial a grimpé à quatorze dollars le baril. En même temps, les profits de toutes les compagnies pétrolières importantes ont augmenté de façon monstrueuse. Evidemment, elles ont aussi connu des périodes de baisse — mais quand on compare le prix élevé de l'essence aux profits énormes des compagnies, celles-ci apparaissent sous un jour peu flatteur aux yeux du public. De plus, au lieu de se contenter de se tenir sur leurs positions, elles ont continué à gonfler les prix, malgré le fait que les coûts de production n'aient pas augmenté au Canada.

« A l'heure actuelle, comme vous le savez, au Canada, toutes les principales compagnies de pétrole intégrées verticalement sont sous le contrôle de propriétaires étrangers. Les Américains en contrôlent cinq, et la sixième, BP, est britannique. Par conséquent, toutes les décisions concernant les politiques de ces compagnies, y compris l'Imperial Oil qui appartient à Exxon, sont prises aux sièges sociaux de ces compagnies à l'étranger. Je sais que l'on proteste vigoureusement quand nous le disons — mais c'est comme ça. Les décisions importantes d'Imperial sont prises à New York — même quand il s'agit d'en nommer le président et le président du conseil d'administration.

« Si nous voulons que Pétro-Canada joue un rôle important au Canada; si nous voulons qu'elle puisse soutenir de façon concrète la politique gouvernementale de maintenir les prix de l'essence et du mazout à un niveau concurrentiel; alors, nous devons absolument prendre le contrôle d'une des compagnies opérant au détail au Canada. Dans ce cas, si les prix montent trop, nous n'aurons

qu'à offrir notre produit à un prix qui forcera nos concurrents à baisser le leur, tout en leur laissant une marge
de profits raisonnable.

« Mon premier point est donc que Pétro-Canada et
le Canada doivent posséder ou contrôler l'une des principales compagnies d'essence et de mazout opérant au
détail.

« Si ce principe est accepté, nous avons alors le choix
entre deux façons de procéder. Premièrement, nous pouvons construire et développer une compagnie qui ven-
drait des produits pétroliers au détail. Il faudrait alors
acheter des emplacements de postes d'essence, construire
notre propre réseau de distribution et de vente et développer toute l'infrastructure à partir de la base. Cela
exigerait des efforts énormes et beaucoup de temps.

« Par ailleurs, nous pouvons racheter une des compagnies existantes. J'ai examiné la disponibilité des filiales
canadiennes de toutes ces compagnies et, à moins de
prendre des mesures d'expropriation ou de nationalisation — mesures que vous avez déjà qualifiées d'inadmis-
sibles —, la seule façon de procéder est de faire une offre
de rachat d'une des compagnies étrangères.

« Voici un autre argument en faveur de l'acquisition
par Pétro-Canada d'une des compagnies canadiennes de
pétrole — employons pour l'instant le terme «canadien»
même si les propriétaires sont américains: presque toutes
ces compagnies ont engagé des opérations d'exploration
dans le delta du Mackenzie, dans les îles arctiques canadiennes, en Alberta et au large de la côte est. Elles travaillent, soit seules, soit en association, soit encore selon

des ententes de location. Le programme d'exploration de Pétro-Canada, qui réalise les intentions initiales de la Panarctic, est de plus en plus impressionnant. Nous découvrons constamment de nouveaux gisements de gaz. Tout récemment encore, nous avons découvert de nouvelles réserves de pétrole, très importantes, sur l'île de Melville. Nous sommes donc en bonne position dans ce domaine — mais, combien meilleure serait cette position si Pétro-Canada disposait des puits, des travaux d'exploration et des techniques de l'Imperial! Tout cela sans parler du fait que l'Imperial est le plus gros détaillant de produits pétroliers au Canada. Si elle était contrôlée par Pétro-Canada, la mise en marché de ses produits aurait une influence énorme sur la politique des prix dans tout le Canada.

Le Premier ministre opina de la tête.

— Oui, vos arguments sont bons, pas mauvais du tout. Mais Exxon? S'il ne s'agissait que de l'Imperial Oil . . . Pourquoi nous engager dans des opérations d'envergure mondiale? Je crois savoir la réponse, et les raisons qui étayent votre point de vue me paraissent bien tentantes, mais . . . exposez-moi votre façon de voir, Pierre.

— Si vous voulez. Si le Canada achète la majorité des parts de la compagnie Exxon, il prend, par le fait même, le contrôle d'une corporation qui œuvre dans tous les coins du monde, comme un empire autonome. Exxon entretient en fait des rapports diplomatiques avec la quasi-totalité des pays du monde. Elle s'en sert pour promouvoir non seulement ses propres intérêts commerciaux, mais également les intérêts des Etats-Unis. C'est irréfutablement la règle du jeu partout. A mon avis . . .

— C'est justement votre avis qui m'intéresse, intervint Porter.

— . . . Exxon, s'il s'agissait d'une corporation canadienne multinationale, à ramifications mondiales, servirait à rehausser le prestige du Canada dans le monde entier. Nous gagnerions, par l'entremise de la corporation, des contacts dans des pays où même nos fonctionnaires des Affaires extérieures n'ont ont pas. Et, au sujet des Affaires extérieures, si la marque de commerce d'Exxon, ornée d'une feuille d'érable au centre du «O», était répandue à travers les Etats-Unis, l'Europe, l'Extrême-Orient, partout où Exxon est installée, les gens des Affaires extérieures se remueraient peut-être un peu plus — et Dieu sait qu'il faudrait qu'ils s'y mettent! Je me rappelle avoir essayé de convaincre le ministère d'envoyer un ambassadeur au Koweït et en Arabie Saoudite, ainsi que dans les autres pays du Moyen-Orient, au début des années 70 — mais il n'en était pas question. Ils se sont contentés d'accréditer notre ambassadeur à Téhéran auprès de ces pays, au grand dépit des Arabes. Ceux-ci ne comprenaient pas pourquoi les Canadiens ignoraient que les Iraniens n'étaient pas arabes. Pour eux, le fait que notre ambassadeur à Téhéran soit également affecté auprès des pays arabes voisins, constituait la pire des insultes, et continue de l'être.

De Gaspé consulta son mémoire et poursuivit.

— Sur une base mondiale, les dividendes que paiera Exxon suffiront à défrayer le coût d'achat et le coût d'opération, en moins de dix ans.

Le Premier ministre se leva pour regarder par la fenêtre située derrière son bureau. Les mains enfouies dans les poches, il réfléchit pendant quelques minutes.

Il se retourna ensuite pour regarder Pierre de Gaspé en face.

— Pierre, dit-il lentement, c'est une idée du tonnerre. Mais, dites-moi, cela nous coûterait combien?

— Il faut trouver 20.5 milliards de dollars pour acheter 50.1 pour cent des actions.

Le Premier ministre en était tout pantois.

— Bon sang, Pierre, où est-ce que nous trouverions une telle somme?

De Gaspé tenait la réponse toute prête.

— J'ai un plan. J'en parle dans le mémoire. Si vous disposez encore de quelques minutes, nous pouvons le regarder ensemble.

De Gaspé revit les chiffres en détail avec le Premier ministre. Quand ils eurent terminé, celui-ci leva la tête vers de Gaspé.

— Tout cela me plaît, Pierre, mais je ne peux vraiment pas prendre une décision de cette importance tout seul. Rédigez-moi un mémoire abrégé — écrit à la main, même. Il va falloir prendre des mesures de sécurité draconiennes. Essayez de vous limiter à deux pages. Je convoquerai tous ceux qui détiennent des postes importants aux Finances, au Trésor, au ministère de l'Energie, des Mines et des Ressources, à l'Industrie, au Commerce et à la Banque du Canada. Je veux que vous soyez des nôtres. Nous nous assoirons tous ensemble pour en discuter en long et en large.

Il consulta son agenda d'abord, Tom Scott ensuite.

— Bon, nous nous réunirons ici à 11 heures demain matin.

De Gaspé avait préparé son mémoire. La réunion eut lieu comme prévu. Il fut inlassablement interrogé pendant trois heures. La décision fut prise par vote unanime: de Gaspé obtenait l'approbation désirée; on financerait et on émettrait l'offre de rachat d'Exxon.

Par la suite, de Gaspé avait agi rapidement.

Evidemment, il fallait s'assurer le financement du projet en premier lieu. Il ne fallait pas songer à trouver un appui au sud de la frontière, aux Etats-Unis. Il fallait chercher plus à l'est, de l'autre côté de l'Atlantique. De Gaspé se rendit donc en Suisse pour parler affaires avec les « gnomes de Zurich ».

Zurich /
jeudi le 12 mars 1981, 15h15

Un crachin brumeux, typique de la ville, suintait sur Zurich depuis le début de l'après-midi.

Du haut de sa fenêtre d'hôtel, Pierre de Gaspé regardait la ville grise et sombre, repaire légendaire des banquiers connus dans le monde entier sous le nom des « gnomes de Zurich ». Ayant placé un appel urgent au Canada, de Gaspé attendait impatiemment que le téléphone sonnât.

Il avait passé la dernière semaine à négocier inlassablement avec les banquiers suisses, presque vingt-quatre heures par jour. A la fin, il avait limité ses discussions à un établissement, le Crédit Suisse. Ancien et conservateur, celui-ci disposait de réserves monétaires énormes et plus particulièrement de dollars américains.

Il ne s'agissait pas d'une demande de prêt ordinaire. En tant que président de Pétro-Canada, de Gaspé devait obtenir des engagements fermes de la banque à l'effet qu'elle prêterait des fonds à Pétro-Canada. L'actionnaire principal de la compagnie, le gouvernement du Canada, se portait garant du prêt.

A quatorze heures ce jour-là, dans l'élégant bureau aux boiseries en noyer de Kurt Reimer, président du Crédit Suisse, les négociations avaient abouti à la signature d'un memorandum définissant les principes de l'accord qui donnerait à Pétro-Canada accès à un capital amplement suffisant pour financer le rachat canadien d'Exxon, la plus grande corporation multinationale du monde.

De Gaspé avait joyeusement arrosé la signature de l'accord en compagnie de Kurt Reimer et de ses collègues. Ensuite, il avait regagné au plus vite sa chambre d'hôtel pour y faire son rapport à l'abri de toute oreille indiscrète. Il avait hâte d'informer Robert Porter, l'homme qui l'appuyait le plus dans ce plan de rachat inimaginable, de l'heureuse issue de ses démarches.

Il avait eu l'occasion de parler plusieurs fois à Porter au cours des journées précédentes, pour demander des instructions ou solliciter des conseils. Vu le besoin impérieux d'éviter toute fuite qui aurait pu menacer leurs projets, de Gaspé s'était chargé seul des négociations. Pour l'instant, il avait même ignoré son propre conseil d'administration pour traiter directement avec le Premier ministre.

De Gaspé était en ce moment en proie à l'euphorie. Il ne pouvait contrôler sa nervosité, tellement il avait hâte de dire au Premier ministre qu'il avait pu conclure ce marché financier gigantesque. Quand enfin le téléphone sonna, de Gaspé se jeta sur l'appareil.

— Le Premier ministre du Canada à Edmonton, Canada, est à l'appareil, monsieur, dit la téléphoniste.

— Comment ça va, Pierre? demanda le Premier ministre. Sa voix sonnait forte et claire dans l'écouteur.

La réponse de de Gaspé fut enthousiaste.

— C'est formidable, monsieur le Premier ministre. Marché conclu! C'est fait! Nous venons de signer les accords de principe.

Le Premier ministre partagea totalement l'enthousiasme de de Gaspé.

— Toutes mes félicitations, Pierre. En toute franchise, je ne croyais pas que vous y parviendriez. Vous aviez affaire aux négociateurs les plus sévères du monde, et vous leur demandiez ce qui doit être la plus grosse somme qui ait jamais été prêtée à qui que ce soit. Maintenant, si vous réussissez également à réaliser le reste — ce sera le plus grand coup de l'histoire financière du monde. Ce sera merveilleux pour le Canada. C'est incroyable . . . Que comptez-vous faire maintenant?

— Je dois être de retour ici dans une semaine, jeudi prochain. Les papiers officiels seront prêts pour fins de vérification et pour la signature à ce moment-là. Cela me donne le temps de retourner au Canada pour vous faire un rapport détaillé . . .

Porter l'interrompit.

— Il faudrait en faire un au Cabinet, également.

— Au Cabinet et au conseil d'administration de Pétro-Canada. Je vais essayer d'être à Edmonton dimanche soir au plus tard. J'aimerais vous voir tôt lundi matin, si c'est possible.

— Je ne sais pas encore, Pierre. Je laisserai un message à votre hôtel. Où descendrez-vous?

— Au Château La Combe.

— D'accord. Quelles sont les échéances prévues pour l'offre de rachat?

— On mettra les fonds à notre disposition dès que nous serons prêts — à mon avis, nous pouvons envisager le 1er mai. J'aurai besoin du temps qui reste d'ici là pour organiser la documentation légale, m'arranger avec les agents fiscaux américains et canadiens, préparer les documents à déposer à la Commission de la Bourse, et aussi conclure des accords avec les banques canadiennes.

— Oui, en effet, vous aurez besoin de tout ce temps-là. La Chambre sera de retour à Ottawa au début de mai — c'est aussi bien, parce que quand nous lâcherons notre petite bombe, elle va faire un bruit du tonnerre!

— Vous pouvez le croire, répondit de Gaspé en riant. Je pars pour Londres maintenant. Peut-être bien que je fêterai ça ce soir.

— Pourquoi pas? dit Porter. Après tout, ce n'est pas tous les jours qu'un homme réussit à emprunter 14.5 milliards de dollars. Vos copains d'Exxon vont perdre la tête le jour où le Canada émettra l'offre de rachat ... Je vous verrai lundi matin.

Edmonton /
lundi le 16 mars 1981, heure locale

Pierre de Gaspé frappa doucement à la porte de l'appartement du Premier ministre à l'hôtel Macdonald. Robert Porter devait le recevoir après le petit déjeuner, à 9h30.

Tom Scott, le premier adjoint du Premier ministre, ouvrit la porte. Les deux hommes se saluèrent amicalement. Scott débarrassa de Gaspé de son manteau et ils entrèrent dans le petit salon de l'appartement qui avait été converti en bureau. Il y avait des bureaux, des classeurs, des téléphones, des piles de papiers et de dossiers, et trois secrétaires; deux d'entre elles étaient jeunes et ravissantes, ce que de Gaspé remarqua au premier coup d'oeil. La troisième secrétaire était une dame d'un certain âge aux cheveux gris, qui portait des lunettes. Rondelette, le visage sympathique et agréable, Joan Michaels était la secrétaire de Robert Porter depuis de nombreuses années. Elle avait fidèlement partagé tous les hauts et les bas de sa longue carrière. De Gaspé et Joan échangèrent quelques mots, et puis Tom expliqua la disposition de l'appartement.

— Le Premier ministre se sert de la chambre à coucher, à votre droite, comme bureau privé. Nous avons fait enlever le lit pour installer provisoirement un bureau, les téléphones et tout le reste. Le Premier ministre a ses appartements personnels à la Suite royale au bout du couloir, sur cet étage. Comme vous l'avez sans doute déjà remarqué, nous avons le télex, la télévision en circuit fermé avec Ottawa en passant par le satellite Anik IV et, évidemment, il y a le téléphone rouge dans le bureau du Premier ministre.

Scott consulta sa montre.

— Il devrait être ici dans dix minutes, Pierre. Pour l'instant, il est avec le Cabinet qui se réunit dans le salon de sa suite — qui sert également de salle du Conseil. Nous y avons installé une grande table. Il ne m'a pas parlé du but de votre visite. Ça m'a l'air d'un complot ultra-secret.

De Gaspé eut un petit sourire.

— Oui, c'est un fichu de grand secret. Et je veux être pendu s'il se sait avant que nous ayons pu tout organiser comme il faut.

Il eut un geste qui engloba la pièce.

— Dites-moi, Tom, est-ce que ça marche, en pratique, l'idée d'une Chambre des communes mobile?

Scott opina de la tête.

— Ça va très bien . . . mieux en fait que je ne l'aurais cru. Je crois que ça dépasse même ce que le Premier ministre souhaitait.

Il prit le bras de de Gaspé.

— Venez, allons dans le bureau. Nous pourrons nous asseoir pour bavarder quelques minutes en attendant le Premier ministre.

Scott le conduisit vers le bureau, après avoir demandé du café à l'une des jeunes secrétaires qui l'apporta une fois qu'ils furent installés dans le bureau de Porter.

De Gaspé connaissait bien la théorie qui avait conduit la Chambre des communes à Edmonton, pour la première d'une longue série de sessions dans les centres régionaux importants à travers le Canada. Porter avait réussi à convaincre la Chambre des communes que, cent quatorze ans après la Confédération, le temps était venu d'apporter des changements radicaux à la forme et au style du Parlement, sans engager, toutefois, la procédure ardue et complexe qu'il aurait fallu entamer pour amender l'Acte de l'Amérique du nord britannique. De toute évidence, on ne réussirait jamais à le modifier, puisque les gouvernements fédéral et provinciaux étaient incapables de parvenir à la moindre entente concernant les amendements à y apporter.

L'idée proposée par Porter, une Chambre des communes mobile, ne nécessitait pas de changements constitutionnels. Il suffisait de faire preuve d'un peu d'imagination, de subir quelques inconvénients, et de réfuter le dogme, sacré et immuable, selon lequel la Chambre des communes ne devait siéger qu'à Ottawa.

Tom Scott poursuivit.

— Comme je le disais, tout va très bien. Il y a eu quelques lacunes au niveau des communications, mais rien de bien grave. Les ministres et les députés peuvent rester constamment en communication avec leurs bureaux et leur personnel à Ottawa. Nous avons installé un réseau de télévision en circuit fermé qui leur permet de travailler avec leurs gens, quasiment en leur présence. Le réseau de télécommunications est excellent — tout comme le téléphone, évidemment. Les députés ont donc pu continuer à travailler comme d'habitude. Je crois même qu'ils s'amusent comme des fous.

De Gaspé voulait tout savoir.

— Et la réaction de la presse?

— En général, elle a été excellente. Scott affichait un grand sourire. Et les gens d'Alberta aiment bien tout cela. Il faut dire que bon nombre de députés, surtout ceux du Québec, de l'Ontario et des Maritimes, n'avaient jamais visité l'ouest du pays. Je vous assure que de voir Edmonton et les environs leur a ouvert les yeux. Ils sont allés visiter les gisements de pétrole et de gaz, les Rocheuses . . . ils parlent avec les gens d'ici, c'est toute une expérience. Une expérience très profitable, à mon avis.

Le Premier ministre entra dans le bureau sans prévenir, se déplaçant vivement comme à l'accoutumée. Pierre de Gaspé sauta sur ses pieds et les deux hommes se saluèrent chaleureusement. Le Premier ministre tapa affectueusement sur l'épaule de de Gaspé en lui serrant la main.

— Je suis ravi de vous voir, Pierre . . . ou peut-être devrais-je vous appeler « richard » tout simplement?

De Gaspé se mit à rire.

— Non, pas encore. Nous avons l'argent mais nous n'avons pas encore les moyens de le dépenser.

— Eh bien, dit le Premier ministre. Il montra de la main une chaise à l'intention de de Gaspé, et contourna lui-même le bureau pour aller s'asseoir. Dans tout le Canada, il n'y a qu'une personne capable de conclure ce marché. C'est vous. Et, je peux vous le dire maintenant, si vous aviez échoué en Europe, j'aurais été amèrement déçu.

Tom Scott était toujours debout à côté du bureau.

— Tom, dit le Premier ministre en se tournant vers son adjoint, j'aimerais que vous nous laissiez en tête-à-tête. Il faut que nous parlions de deux ou trois affaires importantes avec lesquelles je ne veux pas vous importuner pour le moment.

— Oui, monsieur, dit Scott en souriant. Il quitta aussitôt la pièce, refermant doucement la porte derrière lui.

Le Premier ministre s'appuya contre le dossier en cuir de son fauteuil pivotant.

— Eh bien, Pierre, racontez-moi en détail vos démarches à Zurich et le marché que vous y avez conclu.

On frappa à la porte. C'était une secrétaire qui apportait du café.

De Gaspé fit un rapport exhaustif sur les négociations, le mémorandum qui avait été signé et les lignes générales qu'il fallait suivre si on voulait parvenir à émettre l'offre de rachat vendredi, le 1er mai.

Quand il eut fini, Porter prit la parole.

— Très bien. Je veux que vous fassiez un rapport aux ... à ce que j'appelle le « comité pour le rachat » du Cabinet. Je veux que tout cela reste strictement entre nous et les gens que vous avez déjà rencontrés ... c'est-à-dire les ministres des Finances, de l'Energie, des Mines et des Ressources, du Commerce, le président du Trésor et le gouverneur de la Banque du Canada. Et qu'il n'y ait rien d'écrit à ce sujet.

« Je suggère que vous fassiez votre rapport après avoir arrangé les choses avec vos agents fiscaux canadiens et américains. Il vous faudra leur opinion au sujet du prix de l'offre et les détails du plan définitif. Dès que vous aurez réglé tout cela, vous nous communiquerez les détails et nous vous donnerons l'approbation — ou le refus — final.

Le Premier ministre but une gorgée de café.

— Quand pensez-vous revenir ici?

De Gaspé réfléchit un instant, sortit son agenda de sa poche, mit ses lunettes et feuilleta les pages avant de répondre.

— Le vingt-six. Dans dix jours. Arranger les choses avec les agents fiscaux ne prendra pas de temps. De toute façon, j'ai un plan qu'ils accepteront probablement.

Le Premier ministre ricana.

— Comme je vous connais, vous avez sans doute tout organisé de telle façon qu'ils seront ravis de vous suivre.

— Je ferai de mon mieux, répliqua de Gaspé. Si vous pouvez me fixer un rendez-vous pour le vingt-six, je convoquerai le conseil d'administration de Pétro-Canada l'après-midi, ou bien tout de suite après la réunion du Cabinet.

Le Premier ministre actionna la manette de l'intercom.

— Tom, le vingt-six mars, est-ce que nous pouvons fixer un rendez-vous d'une heure à dix heures?

— Oui, répondit Scott immédiatement.

— Bon. Convoquez les ministres des Finances, de l'Energie, du Commerce, le gouverneur de la Banque du Canada et le président du Trésor — personne d'autre, s'il vous plaît.

— Entendu.

Porter regarda de Gaspé de nouveau.

— Voilà, Pierre, à vous de jouer. Tout est organisé.

— Une dernière chose, Monsieur le Premier ministre, dit de Gaspé. Je propose que l'agent canadien soit Fry Mills Spence Ltée, si vous n'y voyez pas d'objection.

Le Premier ministre répondit en souriant.

— Aucune. Fry Mills, tout comme les autres établissements financiers du Canada, est acceptable du point de vue politique, si vous voyez ce que je veux dire.

De Gaspé lui renvoya son sourire.

— Je le savais quand je leur ai demandé s'ils étaient prêts à participer à une grosse affaire — à condition que j'obtienne votre approbation.

« Du côté américain, nous ne pouvons passer par Morgan Stanley, parce qu'ils ont déjà agi comme agent du Gouvernement canadien et de la corporation Exxon — il y aurait conflit d'intérêt. A mon avis, le seul candidat logique est Merrill, Lynch, Pierce, Fenner et Smith. Ils ont l'expérience et les contacts institutionnels nécessaires, et ils sont établis à travers tout le pays.

— Ne lâchez pas, Pierre — il faut à tout prix affranchir l'industrie pétrolière canadienne — ou l'Exxonérer, si vous permettez le néologisme.

Toronto /
mardi, 17 mars 1981, 20 heures

De Gaspé ouvrit la porte pour accueillir le premier de ses deux invités, dans sa suite de l'hôtel Royal York. Comme Paul Zimet tendait la main vers un cintre pour suspendre son manteau dans le vestiaire, de Gaspé lui fit des excuses.

— Je suis désolé de vous arracher à la maison pour vous faire subir une de ces interminables réunions en soirée mais, comme vous le saurez bientôt, je n'avais vraiment pas le choix. J'attends quelqu'un d'autre dont je ne vous ai pas parlé — Hubert Peters, de Merrill Lynch.

Zimet fronça les sourcils dans un geste d'étonnement involontaire. Dans les cercles boursiers, les meilleurs reconnaissent les meilleurs et, à titre de premier vice-président de Fry Mills Spence Ltée, et d'un des experts les plus connus dans le domaine des valeurs pétrolières, Zimet les connaissait tous.

— Bon sang, Pierre, il s'agit d'une affaire extraordinaire, si vous vous donnez la peine de faire venir Peters à Toronto, dit-il. C'est la plus grosse légume des Etats-Unis dans le domaine des valeurs pétrolières. Pourquoi diable vient-il ici?

De Gaspé ricana.

— Il va falloir ronger votre frein un peu, Zimet. Vous ne savez pas ce que l'entretien de ce soir vous réserve — Peters non plus, d'ailleurs. Mais quand j'aurai fini avec vous, ce soir, vous aurez passé une des soirées les plus extraordinaires de votre vie. Je vous garantis que vous allez sortir d'ici en état de choc.

— Essayez voir, rétorqua Zimet en se dirigeant vers la table de conférence qu'on avait provisoirement installée au milieu du salon.

C'est alors que le légendaire Hubert Peters sonna à la porte. De Gaspé l'accueillit et le présenta à Zimet.

Presque chauve, Peters était fort et mafflu. Il paraissait tout le contraire du jeune Zimet aux cheveux roux et aux yeux pétillants. Peters, qui frisait la soixantaine, paraissait brouillon, mais son esprit vif et riche d'une longue expérience était parfaitement lucide.

— Je vois que vous vous posez des questions au sujet de la présence de Zimet, Hubert, dit de Gaspé. Si cela peut vous rassurer, il se demande également pourquoi vous êtes ici. J'ai l'impression que vous allez vous voir beaucoup dans les semaines à venir, si ma proposition vous intéresse . . . Eh bien, messieurs, si nous nous mettions au travail?

De Gaspé prit place au bout de la table. Il avait fait installer un tableau noir à sa droite, afin que chacun puisse expliquer des détails graphiquement, mais sans laisser de traces.

— Eh bien, messieurs, dans ces dossiers — il toucha une pile de dossiers à sa droite — j'ai tous les renseignements de base sur la plus grande compagnie pétrolière multinationale du monde sous contrôle américain — Exxon.

« J'ai pris mes renseignements sur vos deux maisons de courtage, et je suis convaincu que si vous consentez ce soir à agir comme agents de Pétro-Canada, appuyée par le Gouvernement du Canada, dans l'émission d'une offre de rachat d'Exxon, il n'en résultera aucun conflit d'intérêts.

« Et voilà pourquoi je vous ai demandé de venir: pour vous demander d'agir comme nos agents. Vous avez déjà juré de garder le secret. Ce que je veux vous demander maintenant, est ceci: est-ce que vous connaissez, l'un ou l'autre, des obstacles à ce que vos maisons agissent comme nos agents?

La voix de Zimet ne cachait rien de son étonnement.

— Exxon? demanda-t-il. Vous ne voulez pas dire Imperial Oil, plutôt?

— Pas du tout, répondit de Gaspé. Je parle d'Exxon — y compris, il va sans dire, le 70% des actions d'Imperial Oil qu'Exxon contrôle.

Hubert Peters était abasourdi.

— Je connais l'organisation Exxon de fond en comble, dit-il. Avez-vous seulement une idée de ce qu'il vous coûterait de faire une offre de rachat? Quelle proportion des actifs voulez-vous acquérir?

— Je reviendrai là-dessus quand vous aurez répondu à la question que je vous ai posée. Je la pose autrement: est-ce que vous voyez une raison quelconque de ne pas agir comme nos agents et, sinon, êtes-vous préparés à le faire? Qu'en dites-vous, Paul?

Paul Zimet avait retrouvé un peu de son sang-froid.

— La réponse, Pierre, est que rien ne nous empêche d'agir. Nous serions honorés de participer à cette transaction.

La réponse plut à de Gaspé.

— Excellent, dit-il. Et Merrill Lynch? demanda-t-il à Peters.

Hubert Peters était mal à l'aise. Après hésitation, il se mit à parler à voix basse.

— Nous sommes prêts à agir comme votre agent aux Etats-Unis. Autant que je sache, rien ne nous empêche de le faire, mais . . . il faut que je le dise . . . en tant qu'Américain, je crois en mon pays. Je crois qu'il est le meilleur pays du monde. Je crois qu'Exxon est la meilleure compagnie pétrolière du monde. Même si elle est multinationale, même si elle opère dans presque tous les pays du monde, elle est américaine. Il faut donc que je vous dise que je sens, au fond de mes tripes, que je trahis mon pays en disant « oui » — mais je dis oui tout de même . . . (Il leva légèrement la main droite, prudemment.) Pour vous dire le fond de ma pensée — une autre réaction au niveau des tripes — je crois que le conseil d'administration d'Exxon va livrer une fichue bataille, comme le feront tous les maudits politiciens des Etats-Unis. Eh bien, quoi qu'il en soit, Merrill Lynch agira comme votre agent de change aux Etats-Unis à condition, évidemment, de connaître votre proposition et de la trouver réalisable.

Satisfait, de Gaspé sourit.

— J'en suis content, Hubert — et je suis entièrement d'accord avec vous. Je crois que nous aurons à nous battre — et durement. A mon point de vue, toutefois, le jeu en vaut la chandelle.

Hubert Peters répondit immédiatement.

— Oui, mais pourquoi viser toute l'organisation? Pourquoi ne pas vous contenter d'Imperial Oil?

— La réponse est simple. Exxon ne consentira jamais à vendre son 70% des actions dans l'Imperial, et le Gouvernement canadien n'est pas prêt à procéder à l'expropriation pour l'acquérir. Nous voulons cependant Imperial, et nous voulons aussi disposer d'un accès aux marchés mondiaux pour y vendre nos surplus de pétrole. Les découvertes énormes faites dans le haut de l'Arctique nous permettraient d'exporter du pétrole vers l'Europe de l'ouest, vers le Japon — partout où nous trouverions un marché. Et le Gouvernement croit qu'il est dans l'intérêt du peuple canadien de procéder à l'acquisition d'une compagnie pétrolière qui serait sous contrôle canadien et qui aurait des rapports avec le plus grand nombre de pays.

« Puisque la compagnie Exxon est aussi importante au Canada — elle domine nos marchés domestiques, les explorations et les découvertes —, il est logique qu'elle soit notre cible. Mais, une fois de plus, nous ne voulons ni exproprier ni nationaliser. Le seul moyen qui nous reste est l'offre de rachat.

De Gaspé s'exprimait de manière énergique.

— Nous avons décidé de tenter le rachat d'Exxon. Nous avons tout préparé.

Peters eut un haussement d'épaules.

— D'accord. Procédons à l'examen de la chose.

De Gaspé distribua les volumineux dossiers.

— Au début du dossier, vous trouverez un mémorandum de deux pages définissant l'essentiel de la proposition. Le reste est de la documentation que vous possédez probablement déjà dans vos propres dossiers. Je veux maintenant revoir le mémorandum avec vous, répondre aux premières questions qui vous viendront à l'esprit, puis vous donner 48 heures pour m'apporter les modifications que vous auriez à me proposer, et vos propositions conjointes en ce qui concerne la façon de mener à bien l'offre de rachat.

Zimet et Peters sortirent les mémorandum des dossiers. De Gaspé attendit qu'ils soient prêts avant de poursuivre.

— Si vous le permettez, je parcours rapidement le mémorandum avec vous. L'offre visera l'acquisition de 50.1% des parts actives d'Exxon. Il y a actuellement 236,643,000 parts actives en circulation. L'offre sera une surenchère de 10% sur le prix courant à la bourse. La mise sera donc de $170 par action. Il me semble que 10% suffira à nous attirer 50.1%.

« A $170 l'action, il en coûtera $20,325,224,310 pour acheter 50.1%; j'arrondis à 20,5 milliards, plus vos commissions.

— Nom de Dieu! cria Zimet. Où diable pensez-vous trouver autant d'argent? C'est tout simplement impossible.

De Gaspé souriait, mais quand il répondit, sa voix s'était quelque peu durcie.

— Non, ce n'est pas du tout impossible. J'ai tout arrangé déjà. Si je n'avais pas tout arrangé, je ne vous aurais pas fait venir.

« Pétro-Canada fournit deux milliards. Le Gouvernement canadien investit également deux milliards. Les banques canadiennes nous en avancent deux autres. Le reste a été négocié avec le Crédit Suisse de Zurich, qui nous donnera la différence en dollars américains selon nos besoins. La documentation que vous trouverez dans vos dossiers contient tous les renseignements pertinents. Je crois qu'elle est suffisamment détaillée pour que vous puissiez juger en connaissance de cause de la viabilité du projet. Par ailleurs elle devrait permettre à vos avocats d'établir les documents à déposer auprès de la Commission de la Bourse.

Hubert Peters, stupéfait, secoua lentement la tête et se retourna vers de Gaspé.

— Si vous réussissez, qu'arrivera-t-il à la direction actuelle d'Exxon?

— C'est une bonne question. Une fois de plus, vous trouverez la réponse détaillée dans le dossier, mais voici pour l'essentiel: la direction actuelle, du haut jusqu'en bas, sera invitée à continuer à assumer ses fonctions, y compris le président. Je deviendrai personnellement vice-président, et la majorité du conseil d'administration sera composée de Canadiens triés sur le volet. J'ai déjà en tête une liste provisoire qui a reçu l'approbation du Premier ministre. Il y aura un comité exécutif formé au sein du conseil d'administration, composé de deux Canadiens, de deux Américains, et de moi-même. Il va sans dire que les Américains représenteront le 49.9% des actions que nous n'aurons pas achetées.

Peters donna silencieusement son assentiment.

— Au bout d'un certain temps, le siège social de la compagnie déménagera au Canada. Je songe plus particulièrement à Calgary. L'édifice qui abrite actuellement le siège social, à New York, deviendra le centre des opérations, avec l'expansion normale de la compagnie. Ce secteur occupera petit à petit les parties de l'édifice que les cadres et l'administration auront libérées. Le siège social de Pétro-Can déménagera également à Calgary, pour être installé au même endroit qu'Exxon.

« Mais, comprenez-moi bien: l'acquisition d'Exxon est beaucoup plus qu'un simple investissement, comme celui que la Corporation de Développement canadien a fait dans la Texasgulf, en 1974. Si nous prenons le contrôle d'Exxon, il s'ensuivra que nous contrôlerons les décisions de politique, l'administration et l'orientation mondiale de la compagnie, ce qui profitera grandement au Canada.

Suivit une discussion d'ordre plus général qui dura deux heures. Les trois hommes soulevèrent et résolurent les questions relatives à la stratégie et à la tactique, aux honoraires, à la procédure de l'offre de rachat et la réception et le traitement des offres de vente, aux problèmes bancaires, à la préparation des dossiers à déposer, aux avocats et au choix de ceux-ci, à la date d'émission de l'offre de rachat, à l'acquisition d'actions Exxon avant l'émission de l'offre de rachat, et d'autres encore.

On décida d'installer le quartier général des transactions à New York, dans les bureaux de Merrill Lynch. Hubert Peters, de Merrill Lynch, dirigerait la préparation et l'exécution du plan aux Etats-Unis. Fry, Mills & Spence, agissant de la même façon au Canada, se serviraient du quartier général américain pour assurer la coordination et les liaisons nécessaires, afin de mener l'opération à une conclusion heureuse.

— Eh bien, messieurs, dit de Gaspé au bout de deux heures, nous avons fait à peu près tout ce que nous avions à faire ce soir. Mais n'oublions pas la date d'échéance! Dans neuf jours, je dois faire un rapport au Premier ministre et à son comité ministériel du rachat et demander l'approbation de ce que nous trois, nous allons proposer relativement aux mécanismes de l'offre de rachat. Et, tout de suite après cette réunion, à condition qu'ils donnent leur approbation, je devrai faire face à mon propre conseil d'administration.

« Maintenant, combien de temps vous faut-il pour établir à deux un plan complet?

— Eh bien, répondit Peters, je ne peux pas répondre pour Paul, mais si je peux retourner à New York, mettre la main sur mes recherchistes et un ordinateur, je pourrai vous présenter un plan dans les 72 heures. En fait, je ne vois pas pourquoi Paul et moi ne pourrions pas vous présenter notre plan conjoint dans ce délai. Qu'en pensez-vous, Paul?

Zimet lui signifia son accord.

— De mon côté, les choses sont beaucoup moins compliquées, vu qu'il y a peu d'actions d'Exxon entre

les mains de mes compatriotes. Je convoquerai mes recherchistes demain matin. Nous y consacrerons la journée, et puis je descendrai à New York demain soir pour
m'installer chez Merrill Lynch avec Hubert.

— Tout cela me semble très bien, messieurs, très
bien. Il ne nous reste qu'à fixer notre prochain rendez-
vous — ici, samedi matin à dix heures, c'est-à-dire dans
quatre jours?

— Bon sang, encore un samedi de fichu, dit Zimet.
Ma femme va me tuer. N'êtes-vous jamais chez vous,
Pierre?

— Très peu, ces jours-ci, en fait, répondit-il.

Il y eut un silence pénible. Finalement, de Gaspé,
rassemblant ses esprits, reprit la parole.

— Maintenant, un dernier point. Le secret est absolument essentiel à la réussite de notre plan. Je voudrais
savoir, Hubert, comment nous pouvons déguiser ou ca-
moufler le travail qui aura lieu dans vos bureaux, et le
plan tout entier. Pouvez-vous, par exemple, faire mine
d'examiner la possibilité d'une offre de rachat de Shell
Canada, dont les actions sont détenues à New York dans
une proportion de 85%? Vous pourriez peut-être faire
semblant d'étudier les données sur Exxon pour fins de
comparaison? Pensez-y, en tout cas.

— Cela me paraît faisable, dit Peters.

— Autre chose: si vous devez faire dactylographier
quoi que ce soit, désignez Exxon sous le nom de la compagnie X, ou, mieux encore, laissez un blanc. Même les
secrétaires peuvent devenir trop bavardes. Je n'ai pas à

vous rappeler que, si nous ratons notre coup à cause d'une fuite dans votre organisation, peu importe d'où elle provient, vous perdrez une des plus grosses commissions jamais payées pour une seule transaction.

Pierre de Gaspé se leva pour clore la réunion.

— Même les courtiers, dit Hubert Peters en se levant à son tour, gagnent parfois leur vie en gardant le silence. Notre métier repose, dans le fond, sur la discrétion.

Toronto /
jeudi le 26 mars 1981, 16h10

Pierre de Gaspé avait rencontré le comité ministériel le matin même à Ottawa, et avait reçu l'approbation finale pour ses projets. Maintenant, il faisait face aux 21 membres du conseil d'administration de Pétro-Canada, réunis en session spéciale dans une salle particulière de l'hôtel Royal York, de Toronto. Il eut été plus facile pour de Gaspé de convoquer son conseil à Ottawa, mais la ville de Toronto était d'accès beaucoup plus facile pour les membres du conseil d'administration qui venaient de tous les coins du pays.

Depuis plus d'une heure et demie, de Gaspé avait retenu l'attention la plus totale de l'assistance, dont les membres s'attendaient à tout, sauf à l'annonce de l'offre de rachat d'Exxon.

Il avait indiqué les grandes lignes des accords financiers signés à Zurich, de la participation du Gouvernement et des mécanismes de l'offre de rachat qu'il désignait maintenant sous le nom de « soumission Merrill-Fry ».

Il avait eu à répondre à de nombreuses questions, dont les plus cinglantes avaient été posées par le sénateur Margaret Cameron. Maintenant, il en venait à la conclusion de son exposé.

— Monsieur le président, mesdames et messieurs, j'ai essayé de vous présenter, le plus brièvement possible, tout l'historique, tous les faits qui nous ont incités à concevoir l'émission d'une offre de rachat d'Exxon.

Dans toute l'histoire de la finance, personne n'a jamais fait une offre de cette importance. Quand la nouvelle sera rendue publique, elle sera accueillie avec la plus grande stupéfaction. Il faut s'attendre à de fortes réactions de la part des citoyens et des politiciens américains; tous ont les nerfs à fleur de peau depuis l'humiliante défaite qu'ils ont subi en octobre dernier. Le fait que l'offre soit émise par des Canadiens risque de retourner le fer dans la plaie. C'est pourquoi, si vous approuvez le plan de rachat, nous mettrons beaucoup de soin à concevoir un programme de relations publiques qui visera avant tout à amadouer les Américains.

« Si vous approuvez la proposition, nous lancerons l'offre de rachat vendredi le 1er mai. Nous aurons besoin de chaque instant qui nous reste d'ici là: en plus du programme de relations publiques, il faut préparer la documentation concernant l'offre et préparer et déposer les dossiers à la Commission de la Bourse.

« Ce que je demande, monsieur le président, est l'approbation de poursuivre l'émission de l'offre de rachat d'Exxon, telle qu'elle est décrite dans la documentation que je vous ai présentée. Je vous prie par ailleurs de laisser tous ces papiers ici en quittant la salle.

Le président acquiesça.

— Merci, Pierre. Il s'adressa ensuite au conseil d'administration. Est-ce qu'il y a d'autres questions?

De Gaspé se renversa dans sa chaise et attendit.

Le sénateur Margaret Cameron leva tout de suite la main et obtint la parole. Mlle Cameron avait été nommée au Sénat tout récemment, après la défaite de son parti aux élections provinciales de la Nouvelle-Ecosse, où elle avait été Premier ministre suppléant. Non seulement son parti avait-il été défait, mais elle avait elle-même perdu son siège au Parlement. Le bruit courait, et Pierre de Gaspé était bien placé pour connaître tous les bruits qui couraient à Ottawa, que le Premier ministre Robert Porter, veuf, la voyait beaucoup depuis quelque temps — assidûment, à en croire certains. Mlle Cameron et Porter avaient fait connaissance lors de la crise de l'ultimatum. Robert Porter avait alors convoqué tous les Premiers ministres provinciaux à Ottawa et, en l'absence du Premier ministre de la Nouvelle-Ecosse, Mlle Cameron s'y était rendue en tant que Premier ministre intérimaire.

D'aucuns racontaient qu'ils passaient leurs week-ends ensemble. De Gaspé, par contre, ne croyait pas que ce fût possible. Robert Porter, même s'il était très discret, occupait une position très en vue et n'avait pour ainsi dire aucune vie privée. Si jamais ils avaient osé partager une chambre pendant plus de cinq minutes, le scandale aurait couvert la première page de tous les journaux, dès le lendemain.

Margaret Cameron était une femme attrayante, aux yeux verts scintillants, aux cheveux roux soyeux, au teint rose et lisse — une vraie beauté écossaise. Rien de tout cela n'avait échappé au regard de de Gaspé.

« Si le Premier ministre jouit de sa faveur, eh bien, je lui souhaite bonne chance », pensa-t-il en la regardant.

La voix douce mais autoritaire de Margaret Cameron l'arracha à ses spéculations, mais il avait déjà eu le temps d'élaborer un plan. Margaret était descendue au même hôtel que lui; leurs deux chambres étaient sur le même étage. Elle consentirait peut-être à prendre un verre avec lui . . .

La séance fut levée après que le conseil eût approuvé à l'unanimité le plan de de Gaspé. Même Margaret Cameron s'était prononcée en faveur de l'offre de rachat, malgré l'interrogatoire sévère qu'elle avait fait subir à son promoteur pour savoir de quelle façon exactement la prise en main d'Exxon servirait les intérêts du peuple canadien. Dès que le président eût clos la séance, de Gaspé se hâta aussi rapidement que la politesse le permettait, de la rejoindre avant qu'elle ne quitte la pièce.

Margaret Cameron se dirigeait seule vers la porte quand il toucha son bras. Elle se retourna, le regarda et le gratifia d'un sourire franc.

— J'espère que vous ne m'en voulez pas de vous avoir mis sur la sellette tantôt.

De Gaspé ne pouvait arracher son regard de son visage. Il lui renvoya son sourire.

— Sénateur Cameron, je suis sûr que je n'ai pas donné de réponses complètes à bon nombre de vos questions. J'aimerais les traiter plus à fond. Cela étant dit, la question que je pose à mon tour est celle-ci: consentiriez-vous à venir prendre un verre en ma compagnie au Library Bar dans une trentaine de minutes?

Son sérieux quelque peu ironique plaisait au sénateur.

— Avec plaisir, Pierre. Je viendrai vous retrouver dans le hall d'entrée dans une demi-heure.

Ils furent ponctuels tous les deux. Quand ils pénétrèrent dans le sombre Library Bar, le maître d'hôtel Caesar, qui était un ami de de Gaspé, les installa dans un coin, l'un à côté de l'autre. L'éclairage tamisé et deux Martini généreux achevèrent de les détendre. Il leur devenait de plus en plus évident que leur rapprochement n'était pas uniquement une affaire d'esprits pareillement doués et d'intérêts communs.

Ils entamèrent leur troisième Martini. Margaret posa doucement sa main droite sur le bras de de Gaspé en parlant et l'y oublia par la suite.

C'était un message.

— Pierre, nous avons parlé de l'offre de rachat, nous avons parlé de tout le bien que le contrôle d'Exxon fera au Canada, et nous avons parlé de l'avenir de Pétro-Can. Mais vous ne m'avez pas demandé comment j'en suis venue à devenir membre du conseil d'administration, bien que vous ayez probablement deviné la réponse . . .

De Gaspé haussa légèrement les épaules.

— Eh bien, le bruit court que le Premier ministre a un faible pour vous. On dit que, quand vous avez perdu votre siège en Nouvelle-Ecosse, il a fait deux choses pour vous — on laisse entendre qu'il a pu en faire d'autres —: il vous a nommée au Sénat et au conseil d'administration de Pétro-Can. Permettez-moi de dire que c'était incontestablement l'une des meilleures initiatives qu'il ait eues ce jour-là. Quoi qu'il en soit, je suis ravi de votre compagnie — je ne me suis pas senti aussi détendu depuis des semaines.

Il sentit une légère pression sur son bras.

— Et je suis tout aussi ravie d'être ici. Mais vous savez, on entend également raconter des choses à votre sujet ... Mais ce qui m'intéresse, c'est de savoir comment vous vous êtes engagé dans tout cela. Vous voilà à trente-neuf ans, grand, noir et beau, extrêmement intelligent, cultivé ... Qu'est-ce qui vous a lancé sur ce projet? Qu'est-ce qui vous pousse à élaborer la plus grande offre de rachat jamais émise?

De Gaspé prit son verre dans sa main droite et le contempla longuement.

— Je ne saurais vous le dire, Margaret. Ça doit être dans ma nature, je suppose. Je vois des choses qu'il faut faire — ou du moins je crois qu'il faut les faire. Il y a des occasions d'agir, des idées qui naissent, des besoins qu'il faut combler — alors j'y vais de mon mieux, je fais ce que je suis capable de faire. Je ne peux pas agir autrement ... affaires de gènes et de chromosomes, peut-être? Mais j'ai souvent l'impression, quand je constate qu'il y a quelque chose d'important à faire, que si je ne m'en occupe pas, personne ne le fera. Alors je suis mordu — il n'y a rien à faire. Il faut que je le fasse — ou plutôt que j'essaie de le faire, car j'ai connu autant d'échecs que de réussites.

Il la regarda longuement et prit sa main dans la sienne, avant de poursuivre.

174

— Il y a autre chose, aussi. En vivant, on accumule certaines expériences, une certaine éducation, un certain héritage, certaines connaissances — et chacune de ces choses est comme un bloc sur lequel se construit la capacité de concevoir ou d'accomplir des choses. Je dispose de drôlement plus de blocs maintenant qu'il y a dix ans, sans parler d'il y a quinze ans. Il faut que je les mette à profit — je ne peux pas les jeter, ou les gaspiller.

— Continuez, dit-elle. Cela m'intéresse énormément. Il y a certaines questions d'ordre personnel que je ne poserai pas. Mais je meurs d'envie de savoir qui vous êtes, et ce qui peut bien vous pousser.

Elle n'avait fait aucun effort pour dégager sa main. Le regard de Pierre était rivé sur les yeux de Margaret qui pétillaient même dans l'obscurité. Il opina de la tête et but une gorgée de Martini.

— Je suppose que ce que je cherche, c'est d'influencer le cours des événements — bien que l'expression soit floue. Comment puis-je participer ou exercer une influence sur l'histoire actuelle de ce pays — ou du monde, puisque nous y sommes? C'est ce qui me touche le plus. Est-ce que je peux faire quelque chose dans mon travail ou par ma profession, qui aidera mes compatriotes — qui me vaudra peut-être même un peu de reconnaissance ou de prestige en passant?

Margaret l'interrompit.

— Et faire ce que vous faites, ou ce que je fais, implique probablement une plus grande confiance en soi, en ses propres capacités, un peu plus d'égoïsme que n'en ont la plupart des gens. Diable, il faut avoir confiance en soi pour . . .

— Parfaitement, répondit Pierre. Je veux être là où les choses se passent. Je veux être au centre de l'action — pourquoi? Eh bien, il y a une satisfaction, une satisfaction toute personnelle qu'on ressent quand on atteint ses objectifs — qu'il s'agisse de concevoir une idée ou de construire quelque chose. C'est dire: « Mon Dieu, voilà une idée — regardons-la. C'est une bonne idée. Et ensuite, puisqu'on a l'idée, passons à l'action . . .

Il but une autre gorgée de Martini.

— Vous savez, Margaret, il y a fichtrement peu de gens qui ont une idée et qui osent passer de l'idée à l'action. Fichtrement peu. J'ai entendu des centaines de gens me dire: "Vous savez, cette idée m'est déjà passée par l'esprit, mais je n'en ai jamais rien fait." Il va sans dire que j'ai eu un tas d'idées que je n'ai pas eu le temps de mettre en pratique. Mais ma force réside en ce besoin d'agir qui ne me laisse pas de répit. S'il me vient une idée, il faut que j'essaie de la mettre en pratique. Pas toutes, mais la plupart, du moment qu'elles me semblent avoir du bon.

Margaret serra la main de de Gaspé.

— En parlant d'idées, vous avez mentionné le souper. Je crois que ce serait une idée merveilleuse de mettre cette idée-là à exécution sans délai.

Ils rirent ensemble.

— Bonne idée, dit Pierre en vidant son verre.

Caesar, expansif, les accompagna jusqu'à l'entrée de la salle Imperial, où il les remit aux bons soins de Louis, le célèbre maître d'hôtel du plus élégant établissement où l'on puisse manger et s'amuser dans tout le Canada. C'était un homme astucieux et discret. Il jugea rapidement l'apparence de son important client, Pierre de Gaspé, jeta un coup d'oeil autour de la vaste salle, puis guida le couple, comme l'avait fait Caesar, à une table située dans un coin, non loin de la scène, où ils seraient de nouveau côte à côte. Il les installa en promettant de revenir s'informer si le service était satisfaisant.

Au cours du dîner, Pierre s'ouvrit à Margaret et confessa qu'il y avait quelque chose qui le tracassait.

— Ecoutez, je sais que c'est très indiscret de ma part, mais on dit que l'amitié qui vous lie au Premier ministre est très étroite. Il n'y a pas de mal à cela, mais, si elle est étroite, est-elle — comment dire? — si elle est étroite, est-ce qu'elle est aussi exclusive?

Elle rit et prit la main de de Gaspé sous la table.

— C'est gentil de votre part de le demander. J'ai des rapports agréables et aisés avec le Premier ministre. Nous trouvons notre compagnie mutuellement agréable. C'est une amitié étroite, mais elle n'est ni intime, ni exclusive. (Elle s'arrêta un instant.) Cela vous plaît?

— Beaucoup, dit-il en souriant.

Elle reprit.

— Vous devez comprendre aussi que j'en sais beaucoup sur vous — sur votre vie personnelle, sur la vie que vous avez vécue ... je me suis donnée la peine de me renseigner ... alors je n'ai pas à vous poser de questions.

Je n'ai pas l'intention d'en poser, non plus. Je vous trouve très bien tel que vous êtes, au cas où vous ne l'auriez pas remarqué.

Après le spectacle, ils dansèrent et se racontèrent.

Plus tard, au moment où ils quittaient l'ascenseur pour se diriger vers la suite de Margaret, celle-ci leva la tête vers Pierre.

— J'aimerais que vous veniez prendre un dernier verre chez moi, si vous voulez . . .

— Je ne . . .

— Allons. Je sais que vous avez une grosse journée à passer à New York demain, mais il est seulement onze heures.

De Gaspé baissa son regard pour se perdre dans ses yeux verts. Il n'y avait rien à faire, elle était irrésistible.

— Ce que j'allais dire, avant que vous ne m'interrompiez, c'est que je ne saurais refuser cette invitation.

Elle avait une bouteille neuve de Courvoisier, le cognac préféré de de Gaspé. Ils parlèrent encore tout en buvant.

De Gaspé se leva enfin, à regret.

— Margaret, il faut vraiment que je parte. Il est passé minuit, et il faut que je me lève à six heures pour prendre l'avion.

Elle se leva à son tour, et il se pencha pour l'embrasser.

— Pierre, chuchota-t-elle, reste avec moi.

New York /
vendredi le 1er mai 1981, 15h10

Un taxi déposa Pierre de Gaspé et Hubert Peters devant l'entrée de l'édifice Exxon, un grand immeuble moderne de l'avenue des Amériques. De Gaspé s'arrêta un instant pour lever les yeux: les lignes pures et élancées de l'édifice qui abritait le siège social d'Exxon, l'avaient toujours fasciné. Son regard alla jusqu'au sommet de l'immeuble, au dernier étage où devait se trouver le bureau de George Shaw. De Gaspé ne cessait de se demander comment son vieil ami, maintenant président-directeur-général de la corporation Exxon, prendrait la nouvelle qu'il lui apportait.

La réflexion du soleil dans les vitres étincelantes était trop forte. De Gaspé dut en détourner les yeux.

C'était un bel après-midi de printemps. Il faisait chaud et le ciel au-dessus de Manhattan était remarquablement clair, sans trace de nuages, naturels ou industriels. De Gaspé et Peters marchèrent d'un bon pas jusqu'à l'entrée principale, leurs serviettes à la main. Ni l'un ni l'autre ne parla. Les deux avaient une conscience aiguë de l'importance des minutes à venir. De Gaspé était nerveux. S'il n'avait pas connu George Shaw intimement, s'il s'était agi d'un étranger, il aurait pu affronter la situation avec sa confiance habituelle; mais la réaction de Shaw lui importait trop, autant sur le plan professionnel que sur le plan personnel. Il savait, par ailleurs, qu'il allait donner à Shaw le choc de sa vie.

De Gaspé et Peters durent subir deux vérifications de sécurité et une dernière inspection avant de pénétrer dans les bureaux administratifs au dernier étage. Ils furent ensuite accueillis par la secrétaire personnelle de Shaw, qui était à son service depuis plus de vingt ans. A l'instar de son patron, elle admirait énormément de Gaspé et ne s'en cachait pas.

La secrétaire les conduisit directement au bureau de Shaw où celui-ci reçut chaleureusement son ancien protégé, tandis qu'il réserva à Peters, qu'il avait déjà vu lors de plusieurs séances de négociations, un accueil cordial. Shaw et de Gaspé s'informèrent mutuellement de leurs épouses avant d'en venir aux choses plus sérieuses. De Gaspé était de plus en plus mal à l'aise.

Shaw amena ses visiteurs dans la partie « salon » de son bureau, et se cala dans son fauteuil personnel.

— Eh bien, Pierre, 15h15 le vendredi après-midi — la pire heure de la semaine pour un rendez-vous. J'imagine que si vous avez besoin de me voir maintenant, c'est qu'il doit s'agir de quelque chose de très important. Que puis-je faire pour vous?

De Gaspé était nerveusement perché tout au bord du divan.

— George, répondit-il en fixant le plancher, je ferais mieux d'en venir directement à l'essentiel. A 15 heures trois minutes, Pétro-Canada, par l'intermédiaire de son agent américain Merrill Lynch, a lancé une offre de rachat portant sur 50.1% des parts actives d'Exxon.

George Shaw blanchit. Toute trace de bonhomie s'effaça aussitôt de son expression. Son visage n'exprimait plus que la stupéfaction la plus absolue. S'agrippant aux bras du fauteuil, il se dressa de toute sa taille.

— Non, mais vous plaisantez! dit-il d'une voix étouffée.

De Gaspé se leva pour lui faire face.

— Non, ce n'est pas une plaisanterie, George. Une lettre à cet effet a été envoyée à chaque actionnaire dont le nom se trouve dans les dossiers. Je tenais cependant à venir vous informer personnellement de cette initiative et exprimer en même temps notre désir que votre conseil d'administration considère notre offre comme un geste amical. Nous voudrions que toute votre équipe demeure en place. Nous n'avons aucunement l'intention de changer la direction d'Exxon.

Shaw ne le regarda pas. Il alla d'un pas incertain jusqu'à son bureau, se laissa tomber lourdement dans son fauteuil et appuya sur le bouton de l'intercom.

— Dorothy, faites venir Robertson au plus vite. Qu'il laisse tomber ce qu'il fait en ce moment. J'ai besoin de lui tout de suite.

Craig Robertson, maintenant président de la compagnie, avait été, comme de Gaspé, un des protégés de Shaw. Il arriva presque aussitôt, et Shaw le présenta brièvement à de Gaspé qu'il avait rencontré bien des années auparavant, et à Peters.

— Il me semble que vous devez entendre avec moi ce que ces messieurs ont à dire, Craig . . . Pierre vient de m'informer que Pétro-Canada a lancé, cet après-midi, une offre de rachat en vue de prendre le contrôle d'Exxon.

Robertson fut à son tour accablé, incapable de proférer la moindre parole. Shaw se tourna vers de Gaspé.

— Bon, Pierre . . . vous m'avez dit que vous voulez que l'offre soit considérée comme un geste amical et que la direction actuelle reste en place. Avant de parler de ces détails, dites-moi — pensez-vous vraiment que je suis prêt à croire que Pétro-Canada et le gouvernement canadien sont en mesure de réunir les fonds nécessaires pour acheter plus de 50% des parts d'Exxon? Je ne vous crois pas.

De Gaspé répondit immédiatement, tout en fouillant dans sa serviette.

— J'ai complété tous les arrangements relatifs au financement le 10 mars dernier.

Il passa un dossier à Shaw.

— Voici l'offre que nous avons envoyée à tous les actionnaires. Comme vous le savez, les règlements de la Commission de la Bourse nous obligent à divulguer tous les détails du financement. L'offre se termine à la fermeture de la Bourse, lundi le 18 mai.

Il passa une autre copie de l'offre à Robertson.

— Exxon jouit d'un capital autorisé de 250 millions d'actions communes, dont 238,643,000 sont actuellement en circulation. Nous devons en acheter 119,560,143 pour obtenir 50.1%. Ces jours-ci, l'action est cotée aux environs de $155 — nous offrons donc $170 l'action. Et je crois que nous réussirons. Exxon baisse sur le marché depuis deux ans et demi. Beaucoup d'actionnaires ne seront que trop heureux de pouvoir se débarrasser de leur part sans perte. La surenchère de 10% suffira sans doute à nous attirer un nombre d'actions suffisant. Je calcule qu'il nous en coûtera ainsi environ $20.5 milliards.

Shaw l'interrompit.

— Bon, je vois d'après le rapport de financement que vous avez obtenu 2 milliards du gouvernement canadien, 2 milliards provenant de la vente d'actions de Pétro-Canada, et encore 2 milliards des banques canadiennes. Le reste — 14.5 milliards de dollars — vient du Crédit Suisse à Zurich. Mais Dieu sait à qui il appartient, cet argent-là!

— Il se peut que Dieu seul le sache, George, mais ce qu'on sait, c'est que j'ai réussi à l'emprunter avec le gouvernement du canada comme garant, et que je l'ai pour dix ans à dix pour cent. Par ailleurs, cela va rapatrier un joli paquet de dollars américains.

Robertson se rebiffa.

— C'est à peu près la seule chose positive que je vois là-dedans, dit-il. Ecoutez, Monsieur de Gaspé, je devrais peut-être être mieux renseigné, mais je ne sais pas grand-chose de Pétro-Canada, du moins pas en profondeur. Mais n'est-il pas vrai que le gouvernement canadien détient 45% des actions-capital? Autrement dit, Pétro-Canada n'est-il pas un instrument du gouvernement canadien? Et dans ce cas, est-ce que nous ne sommes pas confrontés avec une tentative de prise de contrôle d'Exxon par le gouvernement canadien? Ecoutez-moi bien, Monsieur de Gaspé, je n'ai qu'une chose à vous dire: en tant que président du plus grand complexe pétrochimique du monde, une compagnie qui est américaine à 100% — le dur accent bostonien de Robertson était de plus en plus prononcé — qui a rendu d'immenses services à notre pays, au Canada, au monde entier; et en tant que citoyen américain, je trouve totalement inadmissible et contraire aux intérêts nationaux que le contrôle d'Exxon tombe entre les mains de citoyens étrangers, sans parler d'un gouvernement étranger, et surtout celui du Canada — un pays qui n'est guère plus qu'une colonie économique des Etats-Unis.

Robertson était blessé, fâché, profondément insulté. Il se leva.

— Permettez-moi de dire une dernière chose, Monsieur de Gaspé. Bien que j'apprécie le geste de courtoisie que vous avez posé en venant nous informer vous-même de l'offre de rachat, je vais personnellement convoquer une réunion urgente du conseil d'administration demain matin. Je ne connais pas les intentions de George, mais je peux déjà vous dévoiler les miennes. Je vais demander au conseil d'administration de m'appuyer pour que nous luttions par tous les moyens pour vous empêcher de prendre le contrôle d'Exxon. Sachez que je n'hésiterai pas à aller en cour, à traîner l'affaire jusque devant le Congrès, s'il le faut.

New York /
dimanche le 3 mai, 14h

Les Canadiens tentent de prendre le contrôle d'Exxon: la nouvelle s'était répandue à une vitesse étonnante, prenant par surprise les maisons de courtage du monde entier; mettant hors d'eux-mêmes les gros bonnets des corporations américaines; amusant par ailleurs des millions d'Américains ordinaires qui avaient appris à détester toutes les compagnies pétrolières au cours des années. Les Canadiens apprirent la nouvelle en même temps que les autres, et en ressentirent une vague fierté, bien qu'elle les déroutât quelque peu.

Dans tous les pays du monde où la compagnie Exxon était installée, on avait vivement applaudi le courage des Canadiens quand ils avaient vaincu les Américains lors de la brève mais insensée incursion d'octobre. On y constatait avec le plus grand plaisir, que le David canadien affrontait de nouveau le Goliath américain, avec de bonnes chances de le vaincre de nouveau.

Il s'agissait de la plus grande tentative de rachat jamais entreprise, et elle faisait la une de tous les journaux. Aux Etats-Unis, le thème des éditoriaux ne variait pas d'un océan à l'autre: il fallait à tout prix empêcher les Canadiens de prendre le contrôle d'Exxon. Que cette importante compagnie soit contrôlée par un gouvernement étranger allait à l'encontre des intérêts nationaux et internationaux. Le Canada utiliserait Exxon pour promouvoir les intérêts nationaux canadiens, et non ceux des actionnaires, ni, pire encore, ceux des Etats-

Unis. La survie des Américains dépendait de plus en plus des importations de combustibles. La pénurie de gaz naturel menaçait toujours autant les industries et le bien-être américains. Exxon et les autres compagnies pétrolières multinationales devaient faire un effort conjoint pour assurer l'approvisionnement constant des Etats-Unis en pétrole brut en provenance du Moyen-Orient, du Vénézuela et d'ailleurs. Il était absolument essentiel que la portion américaine de la production quotidienne d'Exxon, celle-ci étant de l'ordre de 7.5 millions de barils, ne soit pas déviée de sa route normale pour aller au Canada, ni qu'elle passe sous le contrôle des Canadiens, car alors, ceux-ci pourraient l'envoyer où ils le jugeraient bon.

Craig Robertson, le président d'Exxon, émergea des coulisses et alla jusqu'au centre de l'estrade. La salle de visionnement d'Exxon servait, en des moments comme celui-ci, de salle de conférences de presse. Robertson plaça ses notes sur le lutrin et jeta un coup d'oeil à la salle.

Elle était remplie à pleine capacité. En plus des journalistes, il y avait un fouillis de magnétophones, de caméras, de lumières, de microphones. Robertson vivait un des moments cruciaux de son existence: il allait annoncer la position adoptée par le conseil d'administration et l'exécutif.

Robertson était un homme de petite taille. Il avait le visage rond, le front fuyant. Derrière ses lunettes à monture d'écaille, ses petits yeux bruns et vifs laissaient deviner une intelligence aiguë. Sa petite taille ne l'empêchait pas d'avoir une confiance en lui-même qui frôlait parfois l'arrogance, et sa présence était imposante. Issu d'une riche famille de Boston, il n'avait jamais connu ni la pauvreté, ni l'échec. Il avait été premier de classe depuis le début de ses études jusqu'à ce qu'il obtienne son doctorat en génie chimique. Cette habitude du succès ne s'était pas démentie au cours de sa carrière chez Exxon, où il avait monté l'échelle de poste en poste, de réussite en réussite. Shaw l'avait nommé président en 1980, quand celui qui détenait le poste mourut subitement d'une crise cardiaque à soixante-deux ans, et ce, bien que Robertson ne fût pas celui à qui le poste devait normalement être attribué.

L'arrivée de Robertson sur l'estrade provoqua la surprise chez la plupart des journalistes qui s'étaient attendus à voir apparaître George Shaw. Mais celui-ci, même s'il était depuis longtemps citoyen américain, était né et avait été élevé au Canada — il avait donc jugé plus convenable que Robertson donne la conférence de presse.

Robertson aperçut, au-delà des grosses lampes braquées sur lui, une foule de visages masculins et féminins. Les journalistes attendaient, leurs crayons, caméras et magnétophones prêts à fonctionner pour tout enregistrer dès les premiers mots. Robertson attendit que l'on se taise et commença à parler. Sa voix, forte et grave, étonnait chez un homme de son physique.

— Mesdames et messieurs, je tiens tout d'abord à vous remercier, de la part du conseil d'administration et des directeurs d'Exxon, d'avoir bien voulu assister à cette conférence un dimanche après-midi. Je sais bien que vous auriez préféré jouer au golf ou — son sourire avait quelque chose de diabolique — rester au lit.

Il attendit que les rires diminuent avant de poursuivre.

— Le conseil d'administration et les directeurs d'Exxon se sont réunis en session extraordinaire hier matin, hier après-midi et ce matin, pour définir leur réponse à l'offre de rachat émise par les Canadiens, vendredi après-midi. Le conseil d'administration m'a chargé de vous présenter la déclaration suivante, pour que le public puisse prendre connaissance de la position d'Exxon avant l'ouverture de la Bourse demain matin.

— Vous voulez plutôt dire la position du conseil d'administration et des directeurs, non? lança une voix dans l'assistance.

— Oui, c'est vrai, répondit-il. Cependant vous comprenez sans doute que dans un cas critique comme celui-ci, nous devons agir dans les meilleurs intérêts de la compagnie, comme nous le faisons tous les jours pour les opérations courantes.

« Maintenant, si vous le permettez, j'en viens à la déclaration. Je crois bien que vous en ayez tous reçu une copie. Je propose de vous la lire rapidement et de répondre à toutes les questions que vous aurez à poser par la suite.

Robertson lut très rapidement la première partie de la déclaration, qui traitait des détails de l'offre, de la visite de de Gaspé à Exxon, et du désir de celui-ci de voir toute la direction actuelle rester en fonction. En arrivant au but de la déclaration, Robertson ralentit son débit. Il voulait être sûr de faire le meilleur effet possible en précisant la position d'Exxon. C'était un orateur exceptionnel et expérimenté, et il savait comment s'y prendre pour que ses paroles soient le plus claire et le plus dramatique possible.

— Les aspirations patriotiques des Canadiens ne sont pas inconnues aux directeurs d'Exxon ni à son conseil d'administration. C'est avec la plus grande compréhension qu'ils contemplent le développement industriel et commercial du Canada et les efforts de notre voisin du nord pour prendre la place qui doit lui revenir parmi les nations importantes du monde. Exxon, par l'intermédiaire de sa filiale Imperial Oil, fait affaire au Canada depuis des décennies. Imperial est, en fait, la plus importante des compagnies pétrolières opérant au Canada.

« S'il avait fallu remettre le contrôle d'Exxon entre les mains d'une agence ou d'un gouvernement étranger, nous aurions choisi de le remettre aux Canadiens. Nos deux pays vivent en bons voisins depuis des siècles. Même la tentative avortée — que nous jugeons des plus inopinées — d'annexer de force le Canada, n'a pu mettre fin aux bons rapports entre nos deux pays.

Sa voix changea de registre: il lisait avec une émotion sans cesse croissante.

— Par ailleurs, Exxon est la plus grande corporation pétrolière multinationale sous contrôle américain. En tant que telle, nous croyons qu'elle a des devoirs à remplir envers sa mère-patrie, tout autant qu'envers ses actionnaires. Nous croyons fermement que la mission patriotique d'Exxon est de faire l'impossible pour rester sous contrôle américain. La survie même de notre pays pourrait en dépendre. Exxon doit continuer à exister en tant que corporation américaine, afin de promouvoir les intérêts, les buts et les objectifs du peuple américain tout entier. Si cette compagnie était aux mains des étrangers, il serait sans doute impossible de poursuivre ces buts.

Il fit une pause bien calculée.

— Voici ce qui nous préoccupe: si le Canada prenait le contrôle d'Exxon, la compagnie serait un instrument qui servirait les politiques et les intérêts de la nation canadienne. D'où un conflit d'intérêts probable entre les buts nationaux américains et canadiens. Si le Canada prenait le contrôle d'Exxon, cela menacerait directement l'approvisionnement des Etats-Unis en pétrole brut en provenance des gisements de Prud'hoe Bay, en Alaska — nous serions peut-être privés du pétrole provenant de notre propre sol! De plus, le pétrole dont nous ne pouvons nous passer, qu'Exxon envoie directement du Vénézuela et du Moyen-Orient aux Etats-Unis, serait peut-être détourné vers d'autres marchés.

« La production quotidienne de pétrole brut et de gaz naturel liquide d'Exxon est, en moyenne, de 7,500,000 barils. Les raffineries d'Exxon et de ses filiales traitent quelque 6,400,000 barils par jour.

« Je n'ai pas à vous rappeler que les Etats-Unis sont une nation cruellement affamée en matière d'énergie. Sa survie même dépend des importations de pétrole brut et de produits pétroliers. A notre avis, laisser passer le contrôle de la production immense d'Exxon aux mains d'un gouvernement étranger constitue — il fit un geste dramatique vers l'assistance — une menace pour la sécurité nationale des Etats-Unis.

« Exxon ne se place pas au-dessus des lois — cependant, par bien des côtés, elle tient plus de la nation autonome que de la compagnie. Elle a des responsabilités qui ne connaissent pas de frontières. Elle fait des affaires avec la quasi-totalité des pays du monde. Les revenus de la compagnie ont totalisé plus de 30 milliards de dollars l'an dernier — un total qui excède les revenus globaux du gouvernement qui veut l'acheter!

« En ce moment, nos avocats examinent l'offre scrupuleusement. Il se peut que nous puissions contester certaines représentations qui y sont faites.

« Quoi qu'il en soit, nos avocats préparent, par ailleurs, une requête en injonction provisoire qu'ils présenteront à la Cour fédérale du district approprié demain matin. Cette injonction empêchera Pétro-Canada de procéder au rachat. Nous demandons l'injonction, attendu que ce rachat irait à l'encontre des politiques et des intérêts nationaux. Si nous obtenons l'injonction temporaire, nous présenterons, dans l'espace de quelques jours, une requête en prolongement pour que l'injonction demeure en vigueur jusqu'à ce que la cause ait été entendue devant la cour.

Robertson remarqua, non sans plaisir, qu'au moins trois journalistes s'étaient déjà levés pour aller communiquer la nouvelle encore toute chaude.

« De plus, la direction d'Exxon prépare actuellement une lettre qu'elle doit poster immédiatement à tous ses actionnaires, et dans laquelle elle les enjoint de ne céder aucune action à Pétro-Canada, quel que soit le prix offert.

« En troisième lieu, il convient de rappeler que la justice américaine a toujours refusé, dans le passé, d'interdire aux compagnies étrangères de prendre le contrôle des corporations multinationales américaines, et ce, sous prétexte qu'il serait inéquitable d'empêcher ainsi les corporations étrangères de contrôler des firmes américaines quand les firmes américaines agissent précisément ainsi dans les pays étrangers.

« L'exemple le plus récent d'une prise de contrôle étrangère ressemble d'assez près au cas qui nous concerne ici. Vers la fin de 1973, la Corporation de Développement canadien, un vague cousin de Pétro-Canada, tenta de racheter 35% des parts actives de Texasgulf, et y parvint. L'offre porta sur 10 millions de parts, ce qui leur aurait donné le contrôle effectif si la direction avait voulu voir l'initiative canadienne d'un bon oeil. Cependant la direction ne la voyait pas ainsi et combattit l'offre de rachat, notamment devant un juge de la Cour fédérale à Houston dans le Texas. On mit de l'avant la possibilité d'un conflit d'intérêts éventuel chez les Canadiens. Le jugement: l'acquisition de Texasgulf par la CDC n'allait pas à l'encontre des politiques ou des intérêts nationaux américains. Ce jugement fut porté en appel et maintenu.

Robertson avait la bouche sèche. Il prit une gorgée d'eau et rajusta ses lunettes.

— Dans le cas de Texasgulf, on a beaucoup parlé de législation protectrice qui interdirait le rachat étranger des grandes multinationales américaines. Mais aucune loi n'a été votée à ce sujet. Les directeurs d'Exxon, son conseil d'administration et d'innombrables citoyens d'un bout à l'autre du pays, croient qu'il est maintenant urgent et nécessaire, dans l'intérêt du public, que le Congrès passe une loi restrictive en ce domaine.

« Vu que le temps presse, Exxon croit que si l'on doit passer une loi, elle devra concerner spécifiquement cette crise, plutôt que le domaine tout entier des offres de rachat émises pour prendre le contrôle des grandes compagnies.

« Le président du conseil d'administration d'Exxon rencontre, cet après-midi même, les chefs de la majorité et de l'opposition, du Sénat et de la Chambre des représentants, à ces fins.

« Vous devez également savoir que le président du conseil d'administration et moi-même devons rencontrer le Président des Etats-Unis mardi matin, dès son retour d'Israël où il est actuellement en visite officielle. Nous croyons pouvoir affirmer qu'il appuiera notre demande de législation restrictive.

La Maison Blanche /
mardi le 5 mai 1981, 10h15

Dans le Bureau ovale de la Maison Blanche, le Président des Etats-Unis accueillit cordialement George Shaw et Craig Robertson et leur indiqua des chaises devant son bureau.

Il attendit qu'ils soient assis avant de parler.

— Je sais que vous êtes déjà venus ici plusieurs fois pour parler affaires avec mes prédécesseurs. Je suis honoré de vous recevoir à mon tour.

— Nous vous savons gré, Monsieur le Président, répondit Shaw, de nous recevoir si tôt après votre retour d'Israël. Tout s'est-il bien passé?

Le Président se renversa dans son fauteuil, un grand sourire sur le visage.

— Très, très bien. Comme vous le savez, je ne suis pas un Juif orthodoxe — il y en a même beaucoup qui trouvent que je suis tout ce qu'il y a de plus hétérodoxe.

L'accent nasal de Détroit offusquait les oreilles raffinées de Robertson, ancien de Harvard.

— Mais, pour un petit Juif de Détroit, pour un type qui a dû se frayer un chemin tout seul dans la vie, arriver en Israël en tant que Président de la démocratie la plus puissante du monde! Et quel accueil! C'en était presque gênant — mais messieurs, je vous avoue que j'en ai savouré chaque instant!

Le sourire disparut et le Président se pencha vers ses interlocuteurs.

— Monsieur Shaw, dit-il, vous avez demandé à me voir au sujet de l'offre de rachat émise par Pétro-Canada en vue de prendre le contrôle d'Exxon. Mes gens m'ont tenu au courant des événements qui ont eu lieu depuis vendredi dernier, mais peut-être pourriez-vous m'informer du but précis de votre visite — bien que j'imagine que vous êtes venu me demander d'appuyer votre demande d'une législation restrictive, comme vous l'avez déjà demandé aux leaders parlementaires.

« Et si c'est le cas, en toute justice, je dois vous prévenir que vous feriez mieux de préparer votre plaidoirie soigneusement; je ne suis vraiment pas convaincu que je doive appuyer une telle demande.

Robertson et Shaw étaient pris de court. Ils s'étaient attendus à ce que le Président se rallie à la cause nationaliste et qu'il accorde avec enthousiasme son appui à leur proposition.

— Monsieur le Président, intervint Robertson, vous ne comprenez peut-être pas bien la situation. L'offre de rachat émise par Pétro-Canada est en fait une tentative du Gouvernement canadien de prendre le contrôle d'Exxon. Autrement dit, Exxon serait sous le contrôle direct d'un gouvernement étranger dont la position lui permettrait alors, indubitablement, d'agir à l'encontre des intérêts américains. Exxon est quand même la plus grande compagnie pétrolière du monde, Monsieur le Président. Notre pays dépend de sa production pour survivre — laisser Exxon nous filer entre les doigts, c'est agir à l'encontre de l'intérêt national, c'est . . .

196

Le Président leva une main devant lui, comme pour ralentir le débit de Robertson.

— Je comprends très bien ce que vous voulez dire, monsieur Robertson. Je vais me faire l'avocat du diable — mais auparavant, il convient de vous rappeler que mon point de vue ne coïncide pas du tout avec le vôtre. Premièrement, vous êtes, tous les deux, au sommet de la plus grande compagnie pétrolière du monde. Vous êtes riches — des multimillionnaires —, vous êtes responsables envers vos actionnaires de la gestion quotidienne d'Exxon. Vous avez reçu une excellente éducation, vous êtes cultivés. Vous avez tous les deux vécu dans le milieu presque royal de l'élite corporative depuis plus de vingt ans. Comme je l'ai dit, vous êtes responsables envers vos actionnaires, mais non envers le peuple américain. Il va sans dire que, dans la situation actuelle, vous créez et mettez bien en évidence une soi-disant grande responsabilité envers le peuple américain, comme s'il avait toujours été votre premier souci ... on comprend très bien que vous voulez à tout prix préserver vos positions et la liberté d'action dont vous jouissez habituellement. Aux Etats-Unis, vous n'êtes sujets à aucun contrôle gouvernemental, mais si les Canadiens réussissent leur coup, vous devrez répondre de vos activités devant le gouvernement canadien. Vous n'aimeriez certes pas cela, et je ne vous en blâme pas.

« Mais il s'agit là de problèmes d'ordre corporatif, non d'ordre public.

« Voyez-vous, mon point de vue est tout autre. Comme vous le savez, j'ai été longtemps avocat syndical. J'ai toujours travaillé, non pas du côté du patronat, mais du côté des ouvriers, dans la ville la plus dure — Détroit — la ville des travailleurs de l'automobile. Durant toute ma carrière, j'ai lutté pour les droits des travailleurs, ces droits qu'il faut arracher des mains du patronat; j'ai lutté, dollar par dollar, privilège par privilège, contre l'élite corporative. Vous comprendrez alors que ma sympathie aille, dans le fond, au peuple, aux ouvriers de ce pays, plutôt qu'à la poignée de citoyens qui contrôlent les actions d'Exxon.

Le Président vit Robertson jeter un regard nerveux vers Shaw.

— Si vous voulez obtenir mon appui, il faudra me convaincre qu'il serait contraire à l'intérêt public — c'est-à-dire aux intérêts du peuple américain, et non uniquement ceux d'Exxon ou de ses actionnaires —, que les Canadiens prennent le contrôle d'Exxon.

« Après tout, messieurs, Exxon et toutes les autres grandes compagnies américaines ont toujours pu s'installer à leur guise dans tous les pays du monde. A l'exception de certains pays, comme les pays producteurs de pétrole du Moyen-Orient qui ont nationalisé les compagnies pétrolières, y compris la vôtre, tous les pays du monde vous ont laissé les mains libres, à vous et aux autres multinationales sous contrôle américain.

« Vous savez, si les Canadiens contrôlaient effectivement Exxon, il se pourrait qu'ils sussent maintenir les prix et les profits à un niveau raisonnable. De nombreux Américains pensent que les compagnies pétrolières font des profits immodérés sur le dos des consommateurs depuis des années. On croit que toutes vos compagnies s'entendent pour contrôler les approvisionnements et créer des pénuries artificielles. Vous savez que vous ne jouissez pas d'une crédibilité énorme auprès du public. Non, ce serait peut-être une bonne chose que les Canadiens contrôlent au moins une des grandes compagnies de pétrole. Après tout, à l'exception de BP, elles sont toutes sous contrôle américain.

Shaw, de plus en plus inquiet que le Président en arrive à une décision irréversible, tenta d'orienter autrement la discussion.

— Monsieur le Président, il est clair que nous devons mieux préparer nos arguments si nous voulons vous convaincre d'appuyer notre demande. Nous aimerions pouvoir revenir dans une semaine pour vous présenter notre cas. Est-ce que vous êtes prêt à nous accorder cela?

David Dennis était avocat et un négociateur de premier ordre. Il sourit.

— Bien sûr, monsieur Shaw. Je tenais simplement à vous donner une idée des questions que je me pose — et des attitudes que je pourrais adopter. Je crois par ailleurs que ma façon de penser reflète peut-être bien celle d'une majorité de citoyens américains.

« Plutôt que de nous rencontrer dans une semaine, pourquoi ne pas attendre que la Cour fédérale ait statué sur votre requête en injonction préliminaire? Ainsi, vous ferez valoir les arguments que vous venez de me présenter pour obtenir l'injonction. Si nous attendons que la Cour ait rendu son jugement, j'aurai l'avantage, non seulement de connaître vos arguments, mais aussi ceux de la Cour. En fait, il se peut que la Cour se prononce en votre faveur, et dans ce cas il ne sera pas nécessaire de légiférer — mais le Congrès voudra peut-être voter une loi quand même.

Shaw regarda Robertson avant de répondre.

— Oui, cela semble acceptable, Monsieur le Président, dit-il.

— Bien, répondit le Président. Maintenant, avant de partir, voulez-vous me dire quelles démarches vous avez déjà entreprises. Je sais que vous avez obtenu hier une injonction temporaire qui empêche Pétro-Canada de procéder au rachat, et que la Cour entendra à partir de lundi prochain, le 11, votre demande d'injonction préliminaire.

— C'est exact, dit Robertson. Nous nous attendons à ce que les auditions durent de 10 à 15 jours. Nous ferons entendre des experts, dont plusieurs fonctionnaires gouvernementaux spécialistes des questions constitutionnelles, de sécurité nationale et d'intérêt public. J'imagine que Pétro-Can en fera autant. En attendant, même si l'injonction temporaire est en vigueur, elle n'empêche pas les actionnaires d'offrir leurs parts en réponse à l'offre de rachat de Pétro-Can. Jusqu'ici nous n'avons trouvé aucun point de litige dans la lettre d'offre — il faut donc nous en tenir aux thèmes de l'intérêt public et de la sécurité nationale.

« Nous avons cependant envoyé une lettre à tous nos actionnaires pour les enjoindre de s'abstenir d'offrir leurs parts à Pétro-Canada. Nous y mentionnons le fait que, à notre avis, le prix actuel des parts d'Exxon n'est pas réaliste, vu que la puissance de la compagnie augmente et que ses opérations se diversifient de plus en plus. Nous avons fait de nouvelles découvertes de pétrole brut dans le delta du Mackenzie. Elles n'ont pas encore été confirmées, mais tout laisse croire que les gisements sont encore plus importants que ceux de la baie de Prud'hoe.

« Nous attirons l'attention des actionnaires sur le conflit d'intérêts dont nous venons de parler, et nous leur signalons — la plupart sont Américains — que c'est dans leur propre conscience qu'il leur faut se demander s'ils doivent, oui ou non, céder leurs parts à Pétro-Canada. Nous signalons également que le conseil d'administration et les directeurs d'Exxon sont d'avis que l'offre est inadéquate et qu'elle n'est ni dans l'intérêt d'Exxon, ni dans celui des actionnaires, ni dans celui des Etats-Unis.

Le Président ricana.

— J'imagine que tout cela leur donnera à réfléchir, monsieur Robertson, mais je suis prêt à parier que 50.1% des parts auront été cédées quand même avant l'expiration de l'offre. J'espère que vous avez songé à cette possibilité. Procéderez-vous quand même à la demande d'injonction, dans ce cas? Ou, pour dire les choses plus clairement, désirerez-vous encore une législation restrictive, quand la majorité des actionnaires ne demanderont qu'à vendre?

— Monsieur le Président, conclut Shaw, nous considérons ces possibilités, comme le ferait tout homme d'affaires avisé. Nous répondrons à ces questions quand les circonstances nous y obligeront. Merci infiniment d'avoir bien voulu nous recevoir, Monsieur le Président.

New York /
lundi le 18 mai 1981, 12h24

Le juge Rupert Armory se pencha en avant dans son fauteuil en tirant sur la manche de sa robe.

— Monsieur Petroff, dit-il, vous m'avez dit que votre prochain témoin sera le dernier à déposer pour le requérant Exxon. Il est maintenant presque midi et demi — je suggère que la cour ajourne jusqu'à 14 heures, mais auparavant, il y a certaines choses que je désire savoir.

« En premier lieu, combien de temps prendra l'audition de ce témoin, à votre avis? Nous entendons cette cause depuis une semaine maintenant, et je voudrais me faire une idée du temps que l'audition va encore prendre.

John Petroff, l'avocat de la compagnie Exxon, se leva.

— Monsieur le juge, mon dernier témoin est monsieur Craig Robertson, président d'Exxon. Je crois qu'il me faudra cet après-midi et la plus grande partie de la matinée, demain, pour l'interroger. Mon ami prendra sans doute autant de temps pour le contre-interrogtoire, mais il pourra vous le dire mieux que moi.

Petroff s'assit.

— Merci, monsieur Petroff. Monsieur Day, combien de témoins avez-vous l'intention de convoquer?

Ambrose Day, l'avocat de la compagnie Pétro-Canada, se leva à son tour.

— Je n'aurai qu'un témoin à faire entendre, monsieur le juge. Il s'agit du président de Pétro-Canada, qui présentera l'historique de l'offre et les intentions qui ont motivé l'initiative prise par Pétro-Canada et par le Gouvernement canadien. Je ne ferai déposer aucun témoin au sujet de l'intérêt national américain ou au sujet d'un conflit d'intérêts éventuel. Mon client m'a signalé qu'il ne désire pas sembler, par des témoins ou autrement, dicter à cette cour ou au Gouvernement américain, ce qui est ou n'est pas dans l'intérêt des Etats-Unis.

Le juge fit un signe d'assentiment.

— Je félicite votre client, monsieur Day, de cette décision aussi judicieuse que diplomatique.

Le juge s'amusa à observer les journalistes qui se hâtaient de consigner sa réponse par écrit.

— Eh bien, messieurs, s'il ne reste que deux témoins à entendre, il me semble que nous devrions pouvoir terminer les auditions jeudi au plus tard. Si cela peut vous aider, vu l'importance de la cause et son caractère urgent, que le jugement soit prononcé le plus rapidement possible, je propose de le rendre dans les cinq jours qui suivront la clôture des auditions.

« Par ailleurs, je suis au courant de l'intention de certains membres du Congrès de proposer une législation restrictive au cas où la justice — c'est-à-dire cette cour ou toute autre cour supérieure — n'accorderait pas l'injonction demandée par le conseil d'administration et les directeurs d'Exxon. Je tiens à assurer les deux parties que la possibilité de la création d'une telle législation n'affectera en rien la décision que je prendrai, quelle qu'elle soit.

Le juge s'arrêta un instant. Il mit ses lunettes, prit son stylo, et puis s'adressa à Ambrose Day.

— Monsieur Day, je voudrais avoir certains renseignements statistiques. Je propose de vous les demander directement plutôt que de faire déposer un témoin à ce sujet, mais si le requérant a des objections, je suis prêt à faire déposer un témoin en bonne et due forme. Voici ce que je veux savoir: nous sommes aujourd'hui lundi le 18 mai, le jour où prend fin l'offre de rachat émise par Pétro-Canada. Tout prolongement mis à part — et il est évident qu'il faudra prolonger l'offre, puisque la cour n'a pas encore statué sur la demande d'injonction —, combien de parts vous ont été offertes jusqu'ici? J'imagine que M. de Gaspé ici présent saura nous citer un chiffre précis, à la demi-heure près.

« Si monsieur Petroff ne s'y objecte pas, voulez-vous vous informer auprès de monsieur de Gaspé, pour savoir le nombre de parts offertes jusqu'ici?

Petroff, sans se lever, secoua négativement la tête.

— Pour le procès-verbal, monsieur Petroff ne s'y objecte pas.

Ambrose Day se retourna et vit de Gaspé assis au deuxième rang près de l'allée centrale. Il passa la barrière qui séparait les avocats du public pour aller rencontrer de Gaspé dans l'allée. Les deux se chuchotèrent brièvement à l'oreille et Day retourna à sa table.

— Monsieur le juge, dit-il, mon client m'apprend qu'à midi aujourd'hui, on avait offert à l'agent américain de Pétro-Canada un total de 122,531,201 parts d'Exxon, ce qui dépasse largement le 50.1% que mon client voulait acquérir. Il va sans dire que Pétro-Canada acceptera les premières demandes pour acquérir le nombre de parts équivalant à et ne dépassant pas 50.1% des actions.

Day se retourna vers de Gaspé qui, de sa place, opina du chef. Il poursuivit.

— Il s'ensuit, monsieur le juge, que Pétro-Canada doit prolonger l'offre jusqu'à une date à laquelle on peut raisonnablement s'attendre à ce que les auditions soient terminées et votre jugement rendu, et aussi jusqu'à ce que les deux parties aient pu considérer la possibilité de porter ou non la cause en appel. Par ailleurs, les deux parties doivent songer à la possibilité d'une législation restrictive.

« Dans les circonstances, mon client juge approprié de prolonger l'offre, dans les mêmes termes et selon les mêmes conditions, jusqu'au lundi 1er juin. Ce prolongement implique, bien entendu, que ceux qui ont jusqu'ici offert leurs parts auront toute liberté de les retirer jusqu'au 1er juin. Par ailleurs, mon client reçoit encore des offres de dernière minute, et il y aura sûrement aussi des offres retardées. C'est ainsi que le chiffre donné, valable aujourd'hui, pourrait avoir varié dans un sens ou dans l'autre, le 1er juin.

Le juge prit quelques notes avant de répondre.

— C'est exact, monsieur Day, dit-il en regardant ce dernier dans les yeux. Cependant, d'après ce que vous m'avez dit, il paraît évident que les actionnaires d'Exxon, qui sont en majorité citoyens américains, ont décidé qu'il

est dans leur intérêt et, dans la mesure où l'on peut interpréter leur geste, dans l'intérêt de la corporation, d'ac-
cepter la proposition de Pétro-Canada. L'évidence de
ces faits devrait être significative pour les directeurs et
le conseil d'administration d'Exxon. Elle est d'une grande importance aux yeux de la cour.

« Cette séance est ajournée jusqu'à 14 heures.

New York /
jeudi le 26 mai 1981, 7h22

Etendu sur le dos, de Gaspé fixait le plafond de sa chambre d'hôtel sans le voir. Le soleil inondait peu à peu la pièce. Le corps de de Gaspé était détendu, il était à l'aise tout contre la douce chaleur de Margaret Cameron. Celle-ci dormait encore profondément, blottie contre lui. Mais l'esprit de Pierre était ailleurs, à récapituler sans cesse les événements des derniers jours.

De Gaspé avait quitté New York pour Toronto, mercredi le 6 mai, afin de subir un interrogatoire dans les formes dans le cadre de l'enquête préliminaire menée par les avocats d'Exxon avant l'ouverture du procès. De Gaspé avait eu l'intention de retourner aussitôt au Canada, mais Ambose Day lui avait conseillé de rester plutôt à New York et, fort heureusement d'ailleurs, de Gaspé l'avait écouté. En fait, il avait fallu prendre des décisions de plus en plus nombreuses chaque jour — des décisions concernant les mesures à prendre face aux menaces d'injonction, ou l'acquisition des parts d'Exxon. De Gaspé seul était en mesure de prendre ces décisions et de donner des instructions pertinentes à l'avocat Day et à Hubert Peters, de Merrill Lynch.

L'annonce de l'offre de rachat avait provoqué de vives réactions nationalistes, dont l'intensité s'était accrue de jour en jour. Pour apaiser un peu les sentiments du public, de Gaspé, sur le conseil de Peters, avait accompagné ce dernier dans une série de visites aux principaux actionnaires d'Exxon. Il leur avait assuré que ni Pétro-

Canada, ni le Gouvernement canadien n'auraient intérêt à pousser Exxon à agir à l'encontre des intérêts américains; que les Etats-Unis disposaient de moyens de représailles économiques presqu'illimités; que le jour où le Canada tenterait de couper l'approvisionnement en pétrole brut des Etats-Unis, de détourner des stocks ou de nuire autrement à l'économie américaine, il signerait en même temps l'arrêt de mort de l'économie canadienne.

Quand le premier de ces actionnaires principaux avait consenti à donner l'option d'achat à Pétro-Canada, l'événement avait reçu beaucoup de publicité, et avait encouragé d'autres à agir dans le même sens.

Dès le 18 mai, de Gaspé savait que ses efforts avaient porté fruit. Interrogé par le juge Amory, Day avait pu répondre que les actionnaires avaient déjà offert de vendre plus que le 50.1% requis, et que l'on continuait à recevoir des offres de dernière minute.

Exxon avait terminé la présentation de ses preuves au matin du mercredi 20 mai. Day avait alors appelé de Gaspé, son seul témoin, à la barre, pour qu'il expose la position du gouvernement du Canada et celle de Pétro-Canada. Ambrose Day, en interrogeant son témoin, avait limité ses questions à celles ayant trait aux objectifs du Canada, évitant soigneusement de poser toute question qui aurait provoqué, de la part du témoin, une déclaration touchant à l'intérêt national américain ou la sécurité des Etats-Unis.

John Petroff, par contre, avait traité presque exclusivement de la question nationale. Il avait posé d'innombrables questions concernant les différences existant entre les intérêts des deux pays, se référant plus d'une fois à la précoce volonté du Canada d'établir des relations commerciales avec Cuba et la Chine communiste, à une époque où les Etats-Unis avaient fermé leurs portes à ces deux pays, même si, en 1981, ces mêmes portes étaient grandes ouvertes.

Avocat lui-même, de Gaspé s'était senti mal à l'aise à la barre des témoins. Les questions de Petroff avaient été percutantes; il était très intelligent et il possédait de connaissances étendues sur le sujet. De Gaspé n'avait pu s'empêcher de l'admirer.

De Gaspé avait été le dernier témoin à déposer. Petroff n'avait pas répondu à son témoignage par d'autres preuves. Ainsi, après les plaidoiries des deux parties, les auditions avaient pris fin tard dans l'après-midi du 21 mai.

En conclusion, le juge Amory avait promis de rendre son jugement à 10 heures, mardi le 26 mai.

La fin de semaine avait été incroyablement mouvementée.

Jeudi soir, un « Jet Star » des Forces canadiennes était venu prendre de Gaspé à LaGuardia pour le transporter directement à Ottawa, où la Chambre des communes siégeait de nouveau. Vendredi matin, il avait rencontré le Premier ministre, qui avait convoqué le comité ministériel pour le rachat et le comité exécutif du conseil d'administration de Pétro-Canada où siégeait, évidemment, Margaret Cameron.

De Gaspé avait fait un rapport exhaustif sur la situation, se refusant toutefois à toute spéculation concernant la décision éventuelle du juge. Il nourrissait des sentiments très respectueux à l'égard du magistrat et de sa formation en droit corporatif et constitutionnel. A son avis, on n'aurait pu trouver de juge mieux qualifié pour entendre cette cause. Evidemment, quel que soit le jugement rendu, l'une ou l'autre partie pourrait le porter en appel. Si Exxon perdait sa cause devant le juge Amory, il était fort probable qu'elle contesterait le jugement — ce qui retarderait encore davantage la conclusion du rachat, puisque la cour d'appel prolongerait dans un tel cas l'injonction temporaire interdisant à Pétro-Canada d'acheter effectivement les parts offertes.

Mais de Gaspé craignait surtout que le Congrès, si le jugement d'Amory était favorable à Pétro-Can et si l'on refusait l'injonction, ne passe une loi restrictive spécifique. Des sénateurs et des représentants bien connus, appartenant aux deux partis, faisaient des discours passionnément nationalistes et anti-canadiens et promettaient d'appuyer une loi restrictive, le cas échéant.

Mais, et il s'agissait de quelque chose de plus sérieux que de simples paroles, on l'avait informé, juste avant son départ de New York, que le sénateur new-yorkais Jacob Weinstein, chef de la majorité démocrate au Sénat, et le représentant Albert Foss, de la Louisiane, chef de la majorité démocrate à la Chambre des représentants (la majorité des deux Chambres étant démocrate, comme le président lui-même), avaient annoncé qu'ils allaient proposer une loi d'urgence pour empêcher Pétro-Canada de prendre le contrôle d'Exxon. Le bill serait présenté en Chambre le 27 mai, au lendemain du jugement, si celui-ci était défavorable à Exxon.

Le Premier ministre avait fait remarquer que les Américains semblaient céder à quelque chose qui ressemblait de très près à la panique.

Avant de clore la réunion, Robert Porter avait proposé que l'on nomme une personne qui travaillerait en étroite collaboration avec de Gaspé durant les dernières étapes de l'opération, et qui servirait de liaison entre de Gaspé et le groupe canadien. Il avait proposé le nom de Margaret Cameron, celle-ci lui semblant tout indiquée pour un tel travail. Par ailleurs, avait-il dit avec un grand sourire, il croyait que Pierre n'y verrait pas d'objection, pour des raisons évidentes.

De Gaspé ne savait pas si le Premier ministre était au courant de ses rapports avec Margaret, mais il y avait une chose dont il était absolument certain: ni lui, ni Margaret, n'avaient la moindre objection à la suggestion du Premier ministre.

De Gaspé avait passé l'après-midi de vendredi à son bureau de Toronto. Le soir, chez lui, il s'était carrément disputé avec Ann. Au cours de la dispute, les noms de Margaret Cameron et du docteur Rease, l'associé d'Ann, avaient été prononcés à plusieurs reprises. Ann, en reprenant son travail, avait retrouvé le goût de l'indépendance, et ce facteur, ajouté à l'indifférence de Pierre, les avaient conduits au bord de la séparation. De Gaspé avait fait ses valises et était parti le soir même. En fait, il avait retrouvé Margaret Cameron à l'hôtel Royal York.

Margaret l'avait accompagné à New York, le samedi après-midi. Le dimanche matin, ils avaient rencontré Hubert Peters et Paul Zimet au quartier général provisoire de Pétro-Can, dans les bureaux de Merrill Lynch, où Peters, Zimet et leurs adjoints étaient occupés à mettre à jour les statistiques concernant le nombre de parts mises en vente et le nombre de certificats qui avaient été livrés. Un seul bloc de 100,000 parts avait été retiré depuis l'expiration originale de l'émission le 18 mai, tandis qu'ils avaient reçu des offres supplémentaires portant sur 1,273,565 parts depuis cette date, pour un total de 59.3% des actions Exxon en circulation. L'opération avait été conçue pour pouvoir prendre le contrôle, sans prévenir et en mettant à profit la surprise absolue, de la plus grande compagnie pétrolière du monde. De ce point de vue, tout avait marché comme sur des roulettes.

De Gaspé avait passé la matinée du lundi 25 mai à préparer une conférence de presse qui devait avoir lieu dans une salle de réunions de l'hôtel à 12h15. On avait servi un lunch et des boissons avant que la conférence ne débute à 12h45. De Gaspé et ses conseillers avaient tenu à rendre public le nombre de parts offertes par les actionnaires. Ils croyaient que le chiffre de 59.3% pourrait avoir une influence sur les membres du Congrès, ainsi que sur le conseil d'administration et la direction d'Exxon. Si le juge Amory se prononçait contre ceux-ci, le nombre impressionnant d'offres de vente reçues pourrait affecter leur décision de porter le jugement en appel ou non. Car il était clair que s'ils continuaient à lutter pour obtenir l'injonction, ce n'était plus au nom d'une majorité d'actionnaires. Par conséquent, s'ils obtenaient l'injonction, soit du juge Amory, soit de la Cour d'appel, l'offre de rachat serait détruite; mais très probablement, leurs perspectives d'avenir chez Exxon le seraient tout autant.

Lundi, le 25 mai, l'ouverture de la session parlementaire avait été marquée par des déclarations à la presse écrite et radiotélévisée, émanant surtout du sénateur Weinstein et du représentant Foss. Ils dénonçaient en termes énergiques l'offre de rachat émise par Pétro-Can, qu'ils qualifiaient d'anti-américaine. Ils se déclaraient prêts à présenter la loi Weinstein-Foss au Congrès le mercredi 27, si le jugement de la cour rendait la législation nécessaire.

Le sénateur Weinstein, un des plus anciens membres du Sénat, était une figure toute-puissante sur la scène politique américaine, et il commandait énormément de respect. Il avait pris soin de préciser, dès lundi, que la proposition comportait deux parties. La première était un bill conçu dans le dessein spécifique de mettre fin à la tentative de rachat d'Exxon par Pétro-Canada. Ce cas précis atteignait les citoyens dans ce qu'ils avaient de plus profondément américain, et il était confiant que la Chambre et le Sénat voteraient la loi sans problème. Celui-ci serait court et succinct, spécifiant que des personnes, des corporations ou des corporations américaines sous contrôle étranger, n'ayant pas domicile au pays ou étant citoyens de pays étrangers, ne pourraient détenir collectivement, directement, ou indirectement, plus de 25% des parts Exxon en circulation.

La deuxième partie du plan Weinstein-Foss consistait en une deuxième loi qui serait proposée plus tard dans la session, une fois que le cas Exxon-Pétro-Can aurait été réglé. Ce projet visait à empêcher les intérêts étrangers de détenir plus de 25% des parts actives dans toute compagnie américaine dont l'actif se chiffrait au-dessus de 5 milliards au 31 décembre 1980.

Weinstein et Foss, des politiciens chevronnés, savaient bien que le deuxième projet de loi risquait de s'embourber dans des débats interminables, des auditions de comités parlementaires, et dans les intrigues de coulisse. Cette partie-là était donc un travail de longue haleine. L'issue politique du moment était Exxon, et ils avaient choisi de profiler la pièce sur le modèle.

Mais il manquait un élément essentiel pour pouvoir esquisser l'ensemble de la situation. Le président des Etats-Unis, un démocrate, n'avait pas encore précisé l'attitude qu'il adopterait face à l'éventuel projet de loi Weinstein-Foss, ou à toute autre législation que le Congrès pourrait passer et qu'il aurait à approuver ou à désapprouver, de par son droit de veto.

De Gaspé fixait toujours le plafond de sa chambre d'hôtel. Sa respiration était rapide et légère. Il se concentrait tout entier sur la question, à savoir quel parti prendrait le Président. A quoi pouvait-on s'attendre de sa part? C'était un ancien avocat syndicaliste; un homme qui avait toujours pris parti contre le patronat et pour les travailleurs; on ne lui avait connu aucune obligation envers quelque compagnie que ce soit, ni comme maire de Détroit, ni comme sénateur, ni maintenant comme président.

Lors de la campagne électorale, il avait juré au peuple américain que son administration serait ouverte et

honnête. Il se sentait obligé de tenir le peuple au courant de ses actes et s'était engagé à veiller à ce qu'il le
soit s'il était élu.

Les spéculations sur la décision éventuelle du Président allaient bon train depuis l'annonce des intentions
de Weinstein et Foss.

L'esprit de de Gaspé revint momentanément à Margaret Cameron, qui se tourna dans son sommeil pour se
rapprocher instinctivement de son amant.

Toute spéculation concernant la décision du Président deviendrait superflue, si le juge se prononçait en
faveur d'Exxon et accordait l'injonction. Evidemment,
Pétro-Canada pourrait en appeler du jugement, mais cela
prendrait un mois, peut-être deux ou même plus. Un
jugement défavorable de la part d'Amory, juriste éminent
et très au fait en matière de droit corporatif et constitutionnel, mettrait fin aux espoirs de Pétro-Canada, cela ne
faisait aucun doute. Mais Pierre de Gaspé saurait sous
peu ce qu'il en était, sur ce point-là du moins. A dix
heures, dans un peu plus de deux heures et demie, le
juge entrerait dans la salle d'audience pour prononcer
son jugement.

Une sonnerie stridente interrompit les pensées de
de Gaspé et le sommeil de Mlle Cameron. De Gaspé se
jeta sur le téléphone placé sur sa table de chevet.

— Oui?

— Monsieur de Gaspé?

— Lui-même.

— Monsieur de Gaspé, je suis désolé de vous appeler
de si bon matin. J'espère que vous ne m'en voulez pas —

nous ne nous sommes pas encore rencontrés.

De Gaspé avait déjà reconnu la voix.

— Je suis le sénateur Weinstein.

— J'avais reconnu votre voix. Je vous ai beaucoup vu à la télévision, ces derniers jours.

Le sénateur ricana.

— Très bien. Maintenant, je vous téléphone parce que je crois que nous devrions nous voir.

De Gaspé était surpris et un peu inquiet.

— Si vous voulez. Où et quand?

— Dans votre suite à huit heures. Pardon? Ah, dans trente minutes, environ. Vous pouvez me commander un café décaféiné et une coupe de fruits. Le régime, vous comprenez . . .

New York /
mardi le 26 mai 1981, 8h

De Gaspé commanda le petit déjeuner, prit sa douche, se rasa et s'habilla. Margaret Cameron, de son côté, s'était dépêchée de s'habiller et de regagner discrètement sa propre suite, deux étages au-dessous.

Le sénateur arriva à huit heures tapant, en même temps que le petit déjeuner. Les deux hommes échangèrent quelques propos anodins; de Gaspé fut immédiatement impressionné par l'allure confiante et puissante de son interlocuteur rondelet. Weinstein était le New-Yorkais typique, accent compris. Bien que paraissant son âge — de Gaspé savait qu'il venait de dépasser le cap de la soixantaine — il était en très bonne forme, bronzé et bien conservé.

Quand ils eurent fini de manger, Weinstein sortit de sa poche un long et élégant cigare.

— Ça ne vous dérange pas? demanda-t-il.

— Pas du tout, répondit de Gaspé.

Weinstein alluma son cigare en tirant fortement dessus.

— Ouais. Eh bien, je suppose qu'il est temps de parler de choses sérieuses. C'est aujourd'hui que nous apprendrons la décision de la cour. Si Exxon obtient l'injonction, vous êtes foutu. Vous êtes éliminé de la scène, et je n'aurai plus à proposer mon projet de loi au congrès. Je ne vous vois pas portant la cause en appel — ni Exxon non plus, tant qu'à y être.

De Gaspé ne broncha pas.

— Mais, si la cour n'accorde pas l'injonction, Foss et moi présenterons notre bill demain. Et il passera, ne vous en faites pas pour ça. Je me porte garant du Sénat et si Foss était ici, il en dirait autant de la Chambre. D'accord?

De Gaspé ne broncha toujours pas. Le sénateur poursuivit.

— Donc, si le juge refuse d'accorder l'injonction, vous sauvez la face — vous, Pétro-Can, et le Gouvernement canadien —, et Exxon la perd. C'est alors que Foss et moi proposerons notre bill. Il est voté. Exxon est sauvegardé, comme il se doit; elle reste la plus grande compagnie pétrolière du monde, elle reste américaine. Le Canada et le gouvernement canadien font piètre figure; et les rapports entre les deux pays, qui sont assez mauvais maintenant depuis le gâchis d'octobre, se détériorent de nouveau. Vous voyez le tableau — des représailles, et tout le reste. Mauvais pour nos deux pays, monsieur de Gaspé, très mauvais.

Il tira sur le cigare. De Gaspé, qui ne fumait pas, était entouré d'un nuage de fumée. Mais il ne trahissait pas encore la moindre émotion, la moindre réaction au discours de Weinstein.

— Voici donc. Je propose un marché. Si la cour refuse l'injonction, Foss et moi ne proposerons pas le projet de loi sur Exxon si vous consentez à retirer votre offre auprès des actionnaires. Comme ça, chacun retire son épingle du jeu et rentre tranquillement chez lui, sans perdre la face et sans qu'il y ait confrontation entre les deux pays. Dieu sait que nous en avons assez vu comme ça!

Pierre de Gaspé, incommodé par la fumée, toussota légèrement et se pencha en avant pour prendre la cafetière.

— Encore un peu de café, monsieur le Sénateur?

— Non merci, Pierre.

Aux yeux du sénateur, on donnait du prénom à tout le monde, sauf au sénateur Weinstein.

— Monsieur le Sénateur, dit de Gaspé en le regardant dans les yeux, je m'attendais à ce que vous me fassiez une telle proposition. Vendredi dernier, j'ai demandé des instructions au Gouvernement canadien et au conseil d'administration de Pétro-Canada à se sujet. Votre proposition serait tentante, si vous n'aviez pas omis un détail . . .

— Quel détail, Pierre?

— Vous avez un président . . .

Le sénateur l'interrompit.

— Un excellent président, le meilleur que les Etats-Unis aient jamais eu. Un type sensationnel, un démocrate, et un Juif. Bonté divine, nous en sommes fiers, vous pouvez me croire. Il est honnête et droit, et il n'a les mains liées par personne. Un grand homme, que notre président.

Pierre de Gaspé sourit.

— Oui, c'est un grand homme. Vous mettez le doigt sur le bobo. Il est honnête et il n'a d'obligation envers personne, à l'exception du peuple américain. C'est le genre d'homme à prendre ses propres décisions sans se laisser influencer — et il n'a pas encore décidé d'appuyer ou de rejeter votre projet de loi. Peu m'importe de savoir les pressions que vous pouvez exercer, je suis convaincu qu'il va prendre sa décision tout seul et selon sa conscience. Jusqu'à ce qu'il ait décidé, et jusqu'à ce qu'il ait décidé en votre faveur . . .

Le visage du sénateur se durcit. Quand il parla, il donna l'impression de cracher du venin.

— Il se prononcera en notre faveur, ou bien le fils de chienne ne réussira jamais à faire passer une seule proposition de la Maison Blanche au Sénat ni en Chambre. Jamais.

L'expression du sénateur changea. Il ôta le cigare de sa bouche et sourit.

— Par ailleurs, mon petit Pierre, vous avez peut-être raison. S'il se prononce en votre faveur . . . voyez-vous, nous sommes nombreux au Congrès à avoir des dettes envers les compagnies pétrolières, à plus d'un sens, si vous voyez ce que je veux dire.

Pierre le savait très bien, mais il garda le silence. Le sénateur poursuivit, le sourire figé sous un regard glacial.

— Bon, Pierre, il y a deux façons de convaincre un jeune homme comme vous. On peut y aller d'un peu de . . . comment dire . . . non pas de chantage, mais disons, de persuasion. Par exemple, un dossier sur vos rapports avec le sénateur Cameron — photographies à l'appui — que nous pourrions livrer à votre épouse?

Il tira sur son cigare.

De Gaspé le regarda droit dans les yeux.

— Vous êtes un vrai salaud.

Du bout du doigt, le sénateur fit tomber de la cendre de son cigare.

— Tout doux, Pierre, tout doux. Mon dossier sur vous m'apprend deux choses qui rendent une telle initiative inutile. Premièrement, à en juger d'après votre façon de vivre et votre caractère, vous m'enverriez probablement au diable en me disant de l'envoyer quand même à votre femme. L'enjeu est trop gros.

« Et de plus, mon dossier m'apprend que votre femme est déjà au courant et que vous avez définitivement rompu pendant que vous étiez à Toronto. En fait, vous avez pas mal baisé à gauche et à droite tous les deux, si vous me pardonnez l'expression.

De Gaspé était blême d'étonnement.

— Comment diable savez-vous cela? Ça s'est passé vendredi dernier seulement.

Le sénateur ricana.

— Mon petit Pierre, vous parlez au sénateur tout-puissant de l'Etat de New York. L'offre de rachat de Pétro-Canada est une affaire de sécurité nationale. Jamais entendu parler de la CIA, Pierre? Leur ordinateur en sait plus long sur vous que vous n'en savez vous-même.

Le sénateur se leva, éructa et alla prendre son manteau bien coupé, et son chapeau melon gris, dans le vestiaire. Il mit son chapeau soigneusement.

— Non, Pierre, dit-il entre les dents, le cigare pendant, ce n'est pas comme ça qu'il faut vous traiter. Il n'y a qu'un moyen de vous toucher. Je ne me répèterai pas — alors ouvrez toutes grandes vos oreilles.

Weinstein avait mis son manteau. De Gaspé resta immobile dans son fauteuil.

Le sénateur parla doucement.

— Cest vous qui êtes à la tête des affaires. Et c'est là que vous aimez être . . . d'où ma proposition. Vous demandez officiellement à être reçu par moi et par cet enfant de salaud de Foster. On invitera la presse. Vous direz que vous avez pris connaissance des sentiments anti-rachat du Congrès et que vous êtes convaincu que le bill sera voté et que le Président n'aura de choix que de le ratifier. Vous me suivez? Ensuite, vous dites que, afin de sauvegarder les bons rapports entre nos deux grands pays — vous savez quoi dire, il faut y aller de tout le blablabla — le Canada va retirer son offre.

« Si vous faites ça, Pierre — et il faut que vous le fassiez après que la Chambre aura voté le projet de loi mais avant qu'il n'aille au Sénat — si vous faites ça, mon petit Pierre, deux millions de dollars vous attendent dans un compte numéroté en Suisse. Je vous donnerai le numéro du compte une fois que vous aurez fait votre part du travail. Pensez-y, mon petit Pierre. Pensez-y comme il faut.

Le sénateur ouvrit la porte, puis se retourna vers de Gaspé.

— Puis, ne vous en faites pas pour cette petite discussion. J'ai pris mes précautions — à deux heures ce matin, mes hommes ont fouillé la chambre pour être certains qu'il n'y avait pas d'écouteurs. Ils m'ont dit que Margot et vous étiez tellement occupés au lit, que vous n'avez même pas remarqué que vous aviez de la visite.

— On se reverra, mon petit Pierre.

224

New York /
mardi le 26 mai 1981, 11h

Les pans de sa robe flottant derrière lui, le juge Rupert Amory entra dans la salle d'audience et alla jusqu'à son bureau d'où il salua d'un signe de tête les avocats et le public qui s'étaient levés à son entrée dans la salle. Il remarqua que celle-ci était de nouveau pleine à craquer, de journalistes surtout, qui se tenaient prêts, le cahier à la main. On avait interdit la présence de caméras de télévision et d'enregistreuses.

Le juge porta son regard vers les bancs des avocats. A sa gauche, John Petroff, l'avocat principal d'Exxon, s'était fait accompagner de George Shaw et de Craig Robertson. Il se dit que la présence de ces derniers démontrait qu'ils prenaient la chose au sérieux, ce qui d'ailleurs était bien naturel. Au banc du défendeur, à sa droite, Ambrose Day était accompagné de Pierre de Gaspé.

Le juge s'assit en retirant plusieurs feuilles de la grande enveloppe brune qu'il avait apportée avec lui.

Le greffier prononça les mots habituels: la séance était ouverte.

Ayant laissé à l'assistance le temps de s'installer, le juge, lunettes à la main, fit quelques remarques préliminaires.

— Jeudi dernier, commença-t-il, après la présentation des preuves des deux parties, dans la cause de la corporation Exxon contre Pétro-Canada, j'ai déclaré que je prononcerais mon jugement ce matin. Je vais le faire, mais auparavant, je tiens à féliciter les avocats des deux parties pour leur excellente préparation, pour la façon intelligente et convaincante dont ils ont présenté preuves et arguments. Leurs efforts m'ont été extrêmement utiles dans la rédaction de ce jugement — ce jugement qui sera sans doute le plus important que j'aurai jamais été appelé à prononcer. Les conséquences du cas en litige et la décision de la cour influenceront énormément la situation des corporations multinationales américaines opérant non seulement aux Etats-Unis mais dans le monde entier.

Il mit ses lunettes, prit le texte du jugement en main et se mit à lire. Il fit d'abord l'historique de l'offre de rachat, du financement, de sa conformité aux règlements de la Commission de contrôle des bourses et des valeurs, et des détails techniques de la lettre d'offre adressée aux actionnaires d'Exxon. Il parla ensuite des preuves déposées par les experts appelés à témoigner pour Exxon au sujet du droit corporatif et constitutionnel américain, et du témoignage de Craig Robertson, président d'Exxon. Il parla ensuite de celui de Pierre de Gaspé et des plaidoyers des deux avocats.

Le juge Amory fit mention du pourcentage des actions, 59.3%, que les actionnaires avaient offert à Pétro-Canada, et souligna le fait qu'il savait que les leaders parlementaires avaient l'intention de proposer une législation restrictive si la cour n'accordait pas l'injonction demandée.

— En aucun temps, dit-il à ce point de son exposé, la justice américaine ne doit être placée, par la branche législative ou exécutive du gouvernement, dans une position où une décision de la cour, ou le juge qui doit rendre un jugement, subisse publiquement l'intimidation au moyen d'une proposition de législation. Je veux que l'on sache que je ne me suis pas laissé intimider. Par ailleurs, comme les raisons que je donnerai plus loin le démontreront, il se peut qu'une législation soit appropriée.

C'était un indice — un indice vague, soit, mais suffisant pour provoquer un remous dans l'assistance.

Le juge se tut et attendit que le brouhaha diminue. Il utilisait très rarement son marteau.

— La vraie question ici, telle que je la vois, est la suivante: quelle doit être la politique nationale quand il s'agit de protéger l'intérêt national américain contre l'intrusion d'une compagnie multinationale étrangère, contrôlée ou possédée par un gouvernement étranger, ou contre l'acquisition par elle d'une compagnie multinationale américaine?

« Ou, autrement dit, est-ce que l'acquisition du contrôle d'Exxon, une compagnie multinationale américaine, la plus grande compagnie pétrolière du monde, par Pétro-Canada, va à l'encontre de l'intérêt national américain? La direction d'Exxon justifia sa requête en injonction préliminaire par ce point unique, qui est d'une importance capitale.

Il y eut un bref remue-ménage au fond de la salle. Le juge s'arrêta, attendit patiemment le retour au silence, et poursuivit.

— Les témoins appelés par Exxon, et plus particulièrement M. McGarvey, haut fonctionnaire du département d'Etat qui est très au courant de la situation au Moyen-Orient, nous ont apporté des renseignements précieux. M. McGarvey nous a appris que, grâce aux ententes conclues avec les membres de l'organisation des pays producteurs de pétrole, — avec le Vénézuéla, l'Arabie Saoudite, la Libye, le Koweït, entre autres, — et grâce aux travaux d'exploration qu'elle poursuit dans le monde entier, Exxon contrôle actuellement la production de quelques 7,500,000 barils de pétrole brut par jour, dont une grande partie est acheminée vers les Etats-Unis pour satisfaire aux besoins américains. De plus, la dépendance des Etats-Unis à l'égard du pétrole brut d'importation a augmenté, passant d'environ 25% du pétrole brut consommé au pays en 1973, à plus de 60% aujourd'hui. M. McGarvey croit donc fermement que tout détournement vers les marchés étrangers, vers l'Europe occidentale ou le Japon, par exemple, du pétrole brut que l'on envoie actuellement aux Etats-Unis, pourrait causer une pénurie dramatique de pétrole, de mazout et des produits dérivés aux Etats-Unis. Il a fait valoir que si Exxon était entre les mains d'un gouvernement étranger, ce gouvernement se servirait sans doute d'Exxon pour promouvoir en priorité ses propres intérêts, peut-être au détriment des intérêts américains. Par conséquent, il juge que l'acquisition d'Exxon par Pétro-Can va à l'encontre de l'intérêt national.

« M. McGarvey m'a semblé un témoin très fort et persuasif, et je ne vois aucune raison de rejeter son témoignage convaincant.

Le juge s'arrêta un instant. Il leva les yeux et vit Petroff délaisser son crayon pour chuchoter en souriant quelque chose à l'oreille de George Shaw.

Amory reprit.

— Par ailleurs, il y a la question très réelle de savoir si le cas de la politique publique et de l'intérêt national, en ce qui a trait au rôle des multinationales, doit être réglé par le Congrès, par voie législative, ou par la cour.

« Jusqu'à présent, le Congrès des Etats-Unis n'a pas choisi de voter une loi qui guiderait la cour en définissant ce qui constitue la politique publique et ce qui est ou n'est pas dans l'intérêt national. Et ceci, nonobstant le jugement du juge Woodrow Seals dans le cas de Texasgulf contre la Corporation de Développement canadien, rendu à Houston, le 5 septembre 1973, et maintenu par la 5e Cour d'appel des Etats-Unis. La référence est 366F. Supp. 374 (1973).

« Ce cas ressemblait fort au cas en litige ici. Suite à une offre de rachat émise par la CDC, qui s'apparente historiquement au défendeur du cas présent, Pétro-Canada, visant à acquérir 35% des parts actives de Texasgulf, la direction de cette importante compagnie minière internationale, dont les avoirs étaient situés au Canada dans une proportion de 65%, déposa une requête en injonction pour empêcher la CDC de poursuivre ou de conclure son offre de rachat.

« Un des arguments mis de l'avant par Texasgulf, fut celui-là même qui concerne cette cour; la politique publique et l'intérêt national. Je cite le jugement lucide et fondé du juge Seals. En ce que ce jugement fut maintenu par la Cour d'appel, je considère qu'il me lie en tant que précédent. On lit, à la page 418:

> « La cour se rend compte qu'on doit également considérer un conflit d'intérêts possible dans un contexte de politique publique et d'intérêt national, plus large. C'est-à-dire, quelle devrait être la politique nationale quand il s'agit de protéger l'intérêt national du peuple américain contre la menace, réelle ou imaginaire, de la corporation multinationale étrangère, qu'il s'agisse d'une corporation privée étrangère, ou d'une corporation en apparence privée mais qui est néanmoins directement ou indirectement le véhicule d'une puissance étrangère, telles les corporations japonaises qui achètent actuellement de vastes étendues boisées et cotonnières dans ce pays, ou bien la CDC (qui vendra, dans un proche avenir, toutes les parts actives qu'elle possède, à l'exception de 10%, au public canadien), ou BP qui est contrôlée à près de 50% par le gouvernement de la Grande-Bretagne, et dont on dit qu'elle veut augmenter ses intérêts dans le Standard Oil of Ohio de 25% à 50%?
>
> De l'avis de la cour, si la menace est réelle, il importe peu que la multinationale soit contrôlée par le gouvernement ou pas. Si elle est sous contrôle gouvernemental, au moins aurons-nous affaire à un « ennemi » bien identifié: nous saurons quels

sont ses alliés et nous pourrons, au moyen de diplomatie et de traités, contrebalancer son influence politique et son pouvoir économique . . .

Il se peut que les partisans des multinationales aient raison; peut-être le monde entier profitera-t-il de l'intégration économique.

Quoi qu'il en soit, nous devons nous rendre compte que ce sont nos (celles des E.-U.) multinationales qui sont les vrais géants: ITT, Xerox, Standard Oil, General Motors, Singer, Goodyear, IBM, Colgate-Palmolive, National Cash Register, Eastman Kodak, Minnesota Mining and Manufacturing, International Harvester, et beaucoup d'autres.

Devons-nous nous attendre à ce qu'on nous laisse agir librement dans le monde entier, et en même temps exclure une corporation étrangère, comme la CDC, de notre pays?

Dans ce cas particulier, la réponse de la Cour est *non.* Cette acquisition ne représente pas une menace réelle pour les Etats-Unis. En fait, il se peut, si nous barrons le chemin à la CDC, que notre ami de longue date, notre voisin et allié, dont nous savons qu'il ressent un sentiment de nationalisme économique de plus en plus fort, cherche à exprimer par d'autres moyens ce nationalisme grandissant.

C'est une question de politique publique et d'intérêt national que de déterminer le rôle que joueront les multinationales à l'avenir; cette cour ne peut pas, dans le contexte du cas présentement en litige, décider quel sera ce rôle en général. Il appartient aux branches législatives et exécutives du gouvernement de prendre une telle décision. La question dans son ensemble comporte trop de subtilités économiques, trop de points délicats touchant à la balance du commerce, et à la réciprocité économique. Il faut se rappeler qu'un service en appelle un autre — il en va de même pour les torts.

Il suffit de dire que ce cas n'est pas le véhicule qu'il faut pour avancer dans cette mare d'incertitudes.

Il va sans dire que, vu la dévaluation constante et continue du dollar américain, le bas prix des actions de beaucoup de compagnies américaines à la Bourse et une longue période de balance commerciale défavorable, le problème est d'une pertinence particulière. Tous ces facteurs soulignent et amplifient le cas en litige.

Les occasions de conclure de « bonnes affaires » sur le marché américain, ne manquent pas en ce moment pour ceux qui détiennent des dollars américains à l'étranger ou qui voudraient payer en monnaie étrangère. Cette tentative de rachat, quelle qu'en soit l'issue, ne sera pas la dernière, ni la dernière faite par le Canada — où l'on dit que les Etats-Unis contrôlent 60% de l'industrie minière et 80% du secteur des fonderies et usines d'affinage. La CDC souligne le fait que cette acquisition sera favorable à notre balance commerciale, pour une valeur globale de 290 millions de dollars.

Comment peut-on s'attendre à ce qu'une cour de justice puisse même étudier un problème aussi complexe, aussi difficile, aussi épineux? Seuls le Congrès et l'Exécutif ont les ressources nécessaires pour déterminer ce qui est dans l'intérêt national, face aux problèmes croissants des multinationales. »

Le juge Amory rajusta sa robe, s'arrêta, but une gorgée d'eau et jeta un coup d'oeil autour de la salle sur les journalistes qui écrivaient à toute vitesse.

— Je n'ai d'autre choix que d'abonder dans le sens du juge Seals, quand il dit: « Seuls le Congrès et l'Exécutif ont les ressources nécessaires pour déterminer ce qui est dans l'intérêt national . . . »

« Si je devais décider que l'acquisition du contrôle d'Exxon par Pétro-Canada est contraire à l'intérêt national, ou contraire à la politique nationale, je prendrais une décision sur un point de fait, et non pas sur un point de loi, puisque ni le Congrès ni l'Exécutif n'ont encore passé une telle loi. Dans cette cour, nous nous bornons à interpréter les lois: nous ne les faisons pas.

Le juge était conscient de la tension grandissante qui régnait dans la salle. Il accéléra sa lecture.

— Pour les raisons précitées, j'ai pris la décisions suivante au sujet du cas en litige: l'injonction temporaire que j'ai accordée le 4 mai, qui permettait aux dépositaires de recevoir les actions offertes en vente, mais qui empêchait Pétro-Canada de solliciter davantage ou d'acheter effectivement lesdites actions, en attendant que la cour ait statué sur ce cas, restera en vigueur pendant 10 jours pour permettre au requérant d'en appeler du jugement, s'il le désire.

Il s'arrêta un instant.

— La corporation Exxon est déboutée de sa requête en injonction préliminaire contre Pétro-Canada.

Pendant un court instant, la salle resta suspendue dans un silence stupéfait. Ensuite, ce fut le chaos.

New York /
mardi le 26 mai 1981, 11h33

Pierre de Gaspé était encore au banc des avocats en compagnie de Ambrose Day, quand Hubert Peters interrompit la conversation.

— Mes félicitations, Pierre. Vous devez être content.

— C'est moi qui vous félicite, Hubert. Vous avez bien travaillé.

— Oui mais c'est loin d'être fini. Il nous reste le Congrès et le Président. Pierre, le président du Crédit suisse veut vous parler de toute urgence. On m'a donné le message quand j'ai téléphoné au bureau il y a quelques instants. Allons à mon bureau, vous vous servirez de mon téléphone.

De Gaspé entendit clairement Kurt Reimer quand il obtint la communication quelques minutes plus tard.

— D'abord Pierre, dites-moi ce qu'il en est de l'injonction.

— Tout va bien. Le juge a débouté Exxon de sa demande.

— Excellent. Du beau travail. Vous et vos gens avez vraiment bien mené l'affaire. — Il hésita un instant: Mais il y a un problème.

Ces mots chassèrent subitement toute l'euphorie de Pierre de Gaspé, qui en oublia sa victoire. Reimer poursuivit.

— Mes mendants craignent sérieusement que le Congrès ne vote une loi restrictive et que le Président ne l'approuve. C'est peut-être un peu tard, mais ils veulent renégocier un ou deux points importants. Ils croient que leur proposition vous fournira l'atout définitif qu'il vous faut pour convaincre le Président. Ils sont prêts à vous rencontrer à Londres. Est-ce que vous pouvez venir tout de suite?

— Bien sûr, répondit immédiatement de Gaspé. Je prendrai l'avion ce soir.

— Je vous ai déjà réservé une chambre — au Stafford, bien entendu.

— Bon. J'espère que nous pourrons régler les choses rapidement. Je veux rencontrer le sénateur Weinstein à son bureau du Sénat tôt jeudi matin, avant que l'on ne présente le projet Weinstein-Foss au Sénat. J'imagine qu'il sera proposé à la Chambre demain matin et qu'il y aura un débat d'urgence. Il va sans doute passer. Le lendemain matin, il ira au Sénat et le Président l'aura peut-être en mains l'après-midi même. Le Président ne s'est pas encore prononcé; il ne le fera pas avant de connaître l'avis du Congrès. Et il a promis aux gens d'Exxon de les recevoir de nouveau pour qu'ils présentent leur cas, si la loi est votée par le Congrès.

— Eh bien, il reste encore une chance, répondit Reimer. Comme je le disais, je crois que vous, votre corporation et le gouvernement canadien trouverez les nouvelles propositions avantageuses. Même si la position du Canada en est quelque peu modifiée, je suis convaincu qu'on peut satisfaire à vos objectifs fondamentaux. A demain.

De Gaspé se dépêcha d'intervenir avant que Reimer ne raccroche.

— Kurt, une dernière chose. Je veux amener le sénateur Margaret Cameron avec moi. Elle sert de liaison entre Pétro-Canada et le gouvernement, et moi-même.

De Gaspé vit en imagination le sourire de Reimer.

— Je lui réserverai une chambre à part, Pierre.

— Merci bien. Ah, oui, un dernier détail — pouvez-vous sonder votre réseau de vieux banquiers pour savoir si on a ouvert un compte numéroté à Zurich dans les sept derniers jours? Je ne veux pas savoir qui, ni avoir de détails. Il me suffirait de savoir qu'on l'a ouvert. Le montant serait de deux millions de dollars . . .

Londres /
mercredi le 27 mai 1981, 12h45

Margaret Cameron et Pierre de Gaspé avaient pris un vol de nuit pour arriver à Londres peu après huit heures du matin. Ils s'étaient rendus directement à l'hôtel Stafford sur St.James Place, juste derrière le Ritz et à deux pas de Buckingham Palace. Le Stafford était un petit hôtel très élégant. Comme d'habitude, il affichait complet, mais Simon Broome, le gérant, un ami de longue date de de Gaspé, avait passé sa propre chambre à celui-ci, et une annulation de dernière minute avait libéré une chambre pour Margaret Cameron.

Une fois que le brouhaha occasionné par leur arrivée s'était calmé, — de Gaspé, ce grand Canadien, était très aimé du concierge, des portiers et surtout de Louis et Charles, les barmen du petit salon situé à l'arrière de l'édifice, sur Blueball Yard —, de Gaspé avait contacté Kurt Reimer, qui était descendu au Dorchester. Il avait convenu de déjeuner au Stafford avec Reimer et son mandant dont il ne connaissait pas encore l'identité. Après s'être donné rendez-vous pour prendre un verre à 12h45, le sénateur et de Gaspé avaient gagné leurs chambres respectives pour prendre un repos dont ils avaient le plus grand besoin.

Ils se rencontrèrent, frais et dispos tous les deux, à l'heure convenue, dans le très petit bar typiquement anglais de Louis et Charles. Ils prirent place au bar, où Margaret commanda un martini-vodka, et de Gaspé un gin-tonic.

— J'ai suggéré à Kurt que nous utilisions votre chambre pour la rencontre. J'espère que cela ne vous incommode pas.

Elle rit.

— Pas du tout. Je ne me souviens pas d'avoir déjà accueilli trois hommes dans ma chambre à coucher en même temps, mais je crois que je saurais me débrouiller . . .

De Gaspé lui jeta son regard le plus vicieux.

— Il ne vous en faudra pas trois, mon coeur, je peux vous donner tout ce qu'il vous faut moi-même.

A ce moment précis, il surprit Charles complètement absorbé par leur conversation, buvant littéralement des yeux chaque regard, chaque geste, chaque mot. Il connaissait très bien Mme de Gaspé, et il ne pouvait comprendre ce qui se passait devant ses yeux.

— Charles, lui chuchota Pierre, je vous expliquerai tout plus tard.

Charles, gêné, détourna son regard au moment où Douglas, le valet et portier de l'hôtel, s'approchait de de Gaspé.

— M. Reimer, dit-il, et un autre monsieur vous attendent au salon, M. de Gaspé. Bon Dieu, attendez de voir le type qui l'accompagne. Ça alors!

Puis, avec un haussement de sourcils et un petit mouvement de sa moustache taillée à la militaire, il disparut.

— Allons-y, dit Pierre en vidant son verre d'un coup.

Ils prirent le couloir menant du bar au salon. Kurt Reimer et l'autre étaient debout, tournant le dos à de Gaspé et Margaret, mais ceux-ci purent distinguer la silhouette de l'homme qui parlait avec Reimer.

Margaret Cameron s'arrêta net.

— Mon Dieu, vous savez qui c'est? Elle ne pouvait cacher son étonnement.

— Vous pouvez le croire. De Gaspé était tout aussi surpris que sa compagne. Tous ceux qui travaillent dans le pétrole le connaissent, dans le monde entier.

Il prit le bras de Margaret.

— Il faudra sortir l'ordinateur de poche pour parler affaires avec celui-là. Il est incroyable.

Et ils allèrent à la rencontre des autres.

Le déjeuner se passa très bien. Tandis que l'on servait et consommait les plats et les vins les plus raffinés, Reimer et son mandant proposèrent, de façon très correcte, très « anglaise », les modifications à de Gaspé. Celui-ci y donna son accord, secondé par Margaret Cameron.

A 14h20, de Gaspé s'excusa pour aller téléphoner de sa chambre, d'abord au Premier ministre à Ottawa, et ensuite au président du conseil d'administration de Pétro-Canada, qui se trouvait à Winnipeg ce jour-là. Les deux hommes étaient d'accord pour conclure ce nouveau marché. Le président du conseil lui dit qu'il sonderait l'opinion des membres du conseil d'administration par téléphone, et rappelerait de Gaspé dans deux ou trois heures.

Moins de vingt minutes après avoir quitté ses hôtes, de Gaspé était de retour à table. Il communiqua aux autres les réactions de ses supérieurs, et l'on trinqua joyeusement aux nouvelles ententes.

Ils se séparèrent peu après 15 heures. Reimer et son mandant retournèrent au Dorchester. Quand au sénateur et à de Gaspé, ils regagnèrent la chambre de Margaret où, pendant une longue heure langoureuse, ils s'appliquèrent à « rattraper le temps perdu », comme disait Margaret.

A 16 heures, ils furent interrompus par un coup de téléphone. Le président du conseil d'administration de Pétro-Can fit savoir à de Gaspé que le conseil appuyait à l'unanimité la nouvelle proposition — en fait, dit-il, ils en sont même soulagés.

A 18 heures, de Gaspé et Margaret étaient déjà à bord d'un autre 727 de Pan Am qui roulait sur la piste de décollage de l'aéroport Heathrow de Londres, en route pour Washington où de Gaspé devait rencontrer Weinstein. De Gaspé avait bien préparé la rencontre. Kurt Reimer lui avait appris que l'on avait effectivement ouvert un compte numéroté en Suisse, pour y déposer deux millions de dollars.

Ils voyageaient en première classe. Quand l'intendant de bord leur avait servi leur premier verre, Pierre se tourna vers Margaret.

— Je crois que je . . . c'est-à-dire, pour être honnête, je dois vous avouer quelque chose. Le sénateur Weinstein m'a fait une proposition — si je tire mon épingle du jeu dans l'affaire Exxon . . . quand je vous aurai tout raconté, vous saurez pourquoi je dois le voir demain matin, et vous pourrez me dire ce que vous feriez à ma place.

— Allez-y, répondit Margaret, qui était tout oreilles.

Washington D.C. /
jeudi le 27 mai 1981, 9h30

L'alléchante secrétaire du sénateur Weinstein conduisit de Gaspé au bureau du sénateur. Celui-ci, dit-elle, aurait un peu de retard, mais elle espérait qu'un café rendrait l'attente moins désagréable.

De Gaspé sirota son café en jetant un regard autour du bureau victorien très élégant qui était l'antre du pouvoir de Weinstein. La pièce était de dimensions assez modestes, mais sa richesse était frappante. Les murs étaient en boiseries sombres, en noyer superbement travaillé par un artisan depuis longtemps disparu. Les étagères sur le mur derrière le bureau — celui-ci était en bois sculpté et datait du milieu du 19e siècle — étaient remplies de livres. Le cuir brun qui recouvrait les fauteuils et le divan , et l'épaisse moquette rouille s'harmonisaient merveilleusement avec les tons rougeoyants des boiseries. Les fenêtres étroites ne laissaient pas passer beaucoup de lumière, mais un lustre de bronze poli dégageait une clarté discrète qui se répandait dans toute la pièce.

Le bureau était imprégné de l'odeur tenace de la fumée de cigare, et il y avait partout des photos du sénateur en compagnie de personnages importants, dont certaines dataient de vingt-cinq ans.

Ce bureau était effectivement digne de l'homme qui détenait un des postes les plus élevés des Etats-Unis.

De Gaspé entendit un brouhaha dans le premier bureau. Le sénateur arrivait, aboyant des ordres tandis qu'on sollicitait obséquieusement des instructions. Il passa la porte du bureau d'un bon pas, serrant fermement un cigare tout neuf entre ses dents. De Gaspé se leva quand le sénateur avança sa main droite. Weinstein lui donna une tape sur l'épaule.

— Mon petit Pierre, ça me fait plaisir de vous voir, bien plaisir. Vous êtes arrivé juste à temps.

Le sénateur libéra la main de de Gaspé, mit l'index de sa main droite devant ses lèvres, et le bout de l'index gauche à l'oreille. De Gaspé comprit que le bureau était ou pouvait être sous surveillance électronique, et qu'il fallait peser soigneusement ses mots avant de parler.

Le sénateur recula d'un pas et le regarda dans les yeux.

— Je présume que vous désirez faire une déclaration à la presse? demanda-t-il.

— Je ne le désire aucunement, monsieur le Sénateur, mais que je crois que les circonstances m'y obligent.

Le sénateur tira le cigare de sa bouche, prit de Gaspé par les épaules et le gratifia d'un sourire éclatant.

— C'est parfait, mon petit Pierre, parfait. Et, comme je vous connais, vous avez déjà fait vérifier les renseignements que je vous ai donnés l'autre jour.

De Gaspé sourit.

— Comme vos hommes vous l'ont sans doute déjà dit, j'arrive d'Europe, et oui, j'ai vérifié, et ce que vous m'avez dit être là y est.

— Parfait, dit encore le sénateur. Il baissa la voix. Je ne crois pas que je devrais vous demander ce que vous avez l'intention de dire au sujet de la situation, mais j'ai informé mes amis de la presse que vous seriez ici ce matin et que vous auriez sans doute une déclaration importante à faire après notre rencontre.

Sur ce, le sénateur prit le bras de de Gaspé et le traîna presque à travers son bureau, à travers le premier bureau, le long du couloir, jusqu'à la salle des conférences de presse du Sénat, où de Gaspé eut l'impression que la moitié des journalistes et des caméras de télévision du monde l'attendait.

C'était là un décor que le sénateur connaissait et aimait bien. Il laissa de Gaspé à côté de la tribune et monta sur celle-ci, cigare à la main. Il commença à parler tout de suite.

— Mesdames et messieurs les journalistes, nous disposons de très peu de temps,vu que la séance du matin du Sénat doit débuter dans quelques minutes.

« Vous savez tous que le représentant Foss et moi avons conjointement proposé un projet de loi visant à interdire la prise de contrôle d'Exxon par Pétro-Canada. La Chambre des représentants a voté le projet Weinstein-Foss hier, et, en tant que chef majoritaire du Sénat, je proposerai ce projet Weinstein-Foss —il adorait entendre son nom — ce matin, sous réserve, bien entendu, de tout changement réel de la position adoptée par le gouvernement canadien.

Il fit un geste dans la direction de de Gaspé.

— Il me fait plaisir de vous présenter, ce matin, le président de Pétro-Canada. Comme vous le savez, nous nous sommes rencontrés pour discuter du problème sérieux, critique, qu'est l'affaire Exxon. M. de Gaspé m'a manifesté son désir de dire quelques mots à la presse avant l'ouverture des débats en Sénat ce matin, Monsieur de Gaspé.

Le sénateur quitta la tribune et de Gaspé prit sa place, sortant de sa poche une longue carte sur laquelle il avait noté les points qu'il voulait aborder. Il commença rapidement. Devant lui, les caméras bourdonnaient, les magnétophones tournaient, et les journalistes griffonnaient à toute allure.

— Mesdames, mesdemoiselles, messieurs, commença-t-il. Je tiens à vous dire que lors de nos rencontres, le sénateur Weinstein s'est montré direct et énergique quand il s'est agi de présenter sa position — il croit qu'il est contraire à l'intérêt national et à la politique publique des Etats-Unis que le gouvernement du Canada, ou tout autre gouvernement étranger, prenne le contrôle de la corporation Exxon, ou de toute autre importante corporation américaine multinationale. Il m'a bien fait comprendre qu'il fera tout ce qu'il lui est possible de faire, afin que le projet Weinstein-Foss, conçu pour empêcher le Canada de prendre le contrôle d'Exxon, soit voté par le Sénat. Ayant eu l'occasion de discuter avec cet homme, je ne doute pas qu'il réussisse à convaincre ses collègues du Sénat de voter en faveur du projet de loi.

« Par ailleurs, les Canadiens s'inquiètent depuis longtemps du fait que toutes les compagnies intégrées de pétrole opérant au Canada soient sous contrôle américain, à l'exception de BP Canada Ltée, qui est anglaise. Nous croyons que le Canada doit posséder une de ces compagnies, et qu'au moins une d'entre elles devrait œuvrer en tenant compte de l'intérêt national canadien. Et nous croyons que, plutôt que de nationaliser, exproprier, ou de nous emparer par d'autres méthodes cœrcitives d'une telle corporation, il serait plus conforme à l'esprit des affaires, telles que nous les concevons en Amérique du Nord — et aux Etats-Unis en particulier —, de tenter de racheter le contrôle d'une compagnie pétrolière sur le marché, accomplissant ainsi deux choses: premièrement, nous prendrions ainsi le contrôle des opérations canadiennes de la compagnie; deuxièmement, par les activités multinationales de la compagnie, nous acquerrions une nouvelle position au niveau du commerce, de la mise en marché et des affaires.

« Les rapports entre les Etats-Unis et le Canada, du moins jusqu'en octobre dernier, ont toujours été paisibles, troublés uniquement par quelques pressions économiques occasionnelles, quand on utilisait le poids des Etats-Unis pour rappeler le Canada à l'ordre.

De Gaspé se tourna pour regarder Weinstein qui se tenait debout dans son dos, à sa droite, puis regarda de nouveau la salle devant lui.

« Le sénateur Weinstein m'a suggéré, dans les termes les plus énergiques, que le Canada devrait retirer son offre de rachat avant qu'il ne propose son projet de loi au Sénat parce que, si la loi est votée, et si le Président la ratifie, non seulement notre proposition restera-t-elle lettre morte, mais les rapports entre nos deux pays deviendront, de nouveau, des plus malaisés.

— Le sénateur a offert de s'abstenir de proposer le projet de loi au Sénat ce matin si le Canada retire son offre. J'ai discuté de la proposition du sénateur avec mes supérieurs au Canada et, il va sans dire, avec le Premier ministre. Je ne suis pas libre de divulguer la nature ou les détails de ces entretiens, sauf pour dire que nous avons revu l'offre de rachat, la situation présente et la proposition du sénateur, de fond en comble.

« Ayant une idée de l'immense foi que le sénateur possède en ce qui a trait à ses pouvoirs personnels, il n'y a aucun doute dans mon esprit qu'il s'attend à ce que je déclare maintenant que j'ai conseillé à mon Premier ministre et à mes supérieurs de retirer l'offre de rachat d'Exxon.

« Je ne les ai point conseillés ainsi. Par conséquent, ce n'est pas ainsi que les choses se passeront. Au contraire, mes instructions sont que, sous réserve d'un changement matériel dans l'offre faite aux actionnaires, changement qui sera rendu public cet après-midi, l'offre de rachat d'Exxon est maintenue.

De Gaspé avait à peine prononcé ces paroles que le sénateur le saisit par en arrière, le fit tourner comme une toupie et haussa son visage près du menton de de Gaspé.

— Salaud! Vous êtes un traître, un minable, prononça-t-il d'une voix sifflante. Vous me le revaudrez — vous et votre pays de république de bananes, je vous réduirai en miettes.

Et le sénateur Jacob Weinstein, de New York, quitta la salle comme un ouragan.

La Maison Blanche
jeudi le 27 mai 1981, 14h19

Le Président s'excusa en accueillant les deux hommes à la porte de son bureau.

— Je suis désolé de vous avoir fait attendre, Excellence. Mais il arrive parfois que les invités étirent indûment le déjeuner — surtout quand ils viennent d'Exxon.

— Ne vous en faites pas, ce n'est vraiment rien, Monsieur le Président, répondit l'ambassadeur du Canada à Washington. C'est un honneur que d'être reçu aussi rapidement. Permettez-moi de vous présenter M. Pierre de Gaspé, le président de Pétro-Canada.

Ils se serrèrent la main.

— J'ai certainement beaucoup entendu parler de vous, M. de Gaspé, dit le Président. Vous avez drôlement secoué les gens d'Exxon — ils ne savent plus où donner de la tête — tout comme le reste du pays, d'ailleurs.

Il se tourna et alla derrière son bureau, en faisant signe à ses hôtes de s'asseoir.

— Nous attendons encore quelqu'un, Monsieur le Président, dit Georges Charbonneau, l'ambassadeur. Il vient de très loin et, malheureusement, il n'est pas encore arrivé.

Le Président fit un geste de la main comme pour balayer les soucis de l'ambassadeur.

— Cela ne fait rien. J'étais en retard moi-même. En fait, j'attends le sénateur Weinstein et le représentant

Foss d'une minute à l'autre. Ils doivent m'apporter le projet de loi qui, comme vous devez le savoir, a été voté par le Sénat ce matin. Cest à moi maintenant de décider de son sort.

— C'est précisément, dit de Gaspé, ce qui nous amène. Vous n'avez pas encore divulgué votre position. Nous savons que vous avez donné aux gens d'Exxon une dernière chance de vous convaincre d'endosser la loi. Et puis, il y a certains éléments nouveaux . . .

Le Président l'interrompit.

— Laissez-moi vous dire que ce cas m'enferme dans un dilemme épouvantable. Comme je l'ai dit aux gens d'Exxon, j'ai toujours travaillé du côté de la classe ouvrière, avec les travailleurs. Devoir entériner une loi qui, à la longue, empêchera un actionnaire consentant de vendre ses parts à un acheteur de son choix, une loi qui a été conçue avant tout pour préserver la position des directeurs d'Exxon — en toute franchise, messieurs, je trouve cela difficile en diable.

Il eut un haussement d'épaules.

— Mais regardons l'autre côté de la médaille. Me voici, président démocrate; le Sénat et la Chambre sont tous les deux à majorité démocrate. Entre nous, nous sommes censés représenter le peuple américain. Le Congrès s'est prononcé clairement, avec une majorité appréciable au Sénat comme à la Chambre. Le Congrès considère donc qu'il est contraire à l'intérêt national et à la politique publique qu'un gouvernement étranger prenne le contrôle d'Exxon.

Il se renversa dans son fauteuil.

— Messieurs, aussi réticente que soit ma conscience, je crains de devoir approuver la loi Weinstein-Foss.

L'intercom sonna pendant qu'il prononçait ces derniers mots, et sa secrétaire lui dit que le troisième membre de la délégation canadienne était arrivé.

Faites-le entrer, s'il-vous-plaît, — dit le Président.

La porte s'ouvrit, et le président Dennis se leva pour accueillir le grand jeune homme qui entra, d'un pas alerte dans la salle.

— Monsieur le Président, dit l'ambassadeur du Canada, j'ai l'honneur de vous présenter quelqu'un d'autre dont vous avez sûrement beaucoup entendu parler. Son Excellence le cheik Kamel Abdul Rahman, ministre du Pétrole du royaume de l'Arabie Saoudite.

Le Président eut un mouvement de surprise, mais reprit aussitôt ses esprits. Le cheik s'inclina devant le Président et les deux hommes se serrèrent brièvement la main.

C'était un moment émouvant pour tous les deux. Ils appartenaient à deux races qui se vouaient une haine profonde depuis des siècles. Il n'y aurait cependant aucun signe extérieur d'animosité, ou d'émotion fortement enracinée; les deux étaient hautement civilisés et cultivés, chacun dans le cadre de sa propre société.

Ils s'assirent tous autour du bureau, et le Président se pencha en avant, au bout de son fauteuil. C'était un négociateur expérimenté, et il sentait que le moment critique approchait.

— Eh bien, messieurs? dit-il d'un ton tranchant.

Le cheik regarda l'ambassadeur, puis Pierre de Gaspé. Ils s'attendaient à ce qu'il commence.

— Si vous le permettez, Monsieur le Président, je peux peut-être vous expliquer. Je suis certain que son Excellence l'Ambassadeur, ou monsieur de Gaspé, n'hésiteront pas à m'interrompre au besoin pour expliciter ou rectifier mes paroles. Je suis autorisé à représenter mon très vénéré souverain, qui, comme vous le savez, a toujours tenu le peuple des Etats-Unis d'Amérique dans la plus grande estime.

Le Président opina de la tête.

— Vers la fin du mois de février, notre banquier principal en Suisse, le Crédit Suisse, approcha mon gouvernement et moi-même au sujet d'une demande d'emprunt de 14.5 milliards de dollars. Pétro-Canada et le gouvernement canadien cherchaient à emprunter une telle somme en vue d'acquérir le contrôle de la corporation Exxon. Mon pays fait affaire avec la Standard Oil of New Jersey — c'est-à-dire Exxon, par l'intermédiaire d'Aramco, la firme pétrolière extrêmement rentable qui appartenait, à l'origine, à Exxon et ses associés, mais qui est actuellement contrôlée en grande partie par l'Arabie Saoudite.

« Les émirats arabes exportateurs de pétrole, le Koweït, la Libye, le Qatar, Abou Dhabi et, bien sûre, l'Arabie Saoudite, possèdent maintenant des réserves immenses de dollars américains. Mais ceux de ma race sont portés à investir sous forme de prêts, plutôt qu'en capital-actions.

« L'occasion d'investir 14.5 milliards sous forme de prêt, avec comme garant le gouvernement du Canada et le gage des parts Exxon acquises lors du rachat comme garantie accessoire, représentait une occasion unique. Par conséquent, sans divulguer notre identité, nous avons ordonné à la banque de poursuivre les négociations et de consentir à avancer les sommes requises.

Le Ministre tira un long étui à cigarettes de sa poche.

— Vous permettez?

Le Président n'y fit pas objection. Quelques secondes plus tard, le cheik, apparemment détendu et confiant, lançait des bouffées de fumée.

Le Président n'avait pas bronché.

— Il va sans dire que nous avons surveillé de près la suite des événements ici. Lundi de cette semaine, il était déjà évident, à nos yeux, que le projet Weinstein-Foss serait voté par le Congrès dans le cas où la cour refuserait d'octroyer l'injonction demandée par Exxon.

« Aussi, en même temps, mon gouvernement — c'est-à-dire le roi et ses conseillers — en était venu à la conclusion que nous avons peut-être été trop conservateurs au cours des années, limitant nos investissements aux emprunts, plutôt que d'acheter des actions-capital. Comme vous le savez, Monsieur le Président, il est extrêmement difficile d'investir des sommes importantes tout en s'assurant une marge de sécurité raisonnable, surtout quand il s'agit d'excédents actuellement disponibles, qui totalisent plus de 100 milliards de dollars américains.

« Eh bien, nous voyions que l'offre de rachat des Canadiens serait écrasée, sinon par la cour, du moins par le Congrès. Comme chacun le sait, la cour se prononça en faveur de Pétro-Can; c'était donc au Congrès d'agir.

Et le Congrès a maintenant voté le projet de loi Weinstein-Foss. Dans toute cette procédure, Monsieur le Président, il y avait une inconnue, ou du moins une prise de position non encore divulguée, et c'était la vôtre.

Le Président opina du chef mais garda le silence.

— Selon notre analyse de la situation, la proposition canadienne était vouée à l'échec. Nous croyions que vous seriez réticent à entériner le projet de loi, mais que des raisons politiques ne vous laisseraient pas le choix — à moins qu'il n'y ait un élément nouveau, une intervention supplémentaire qui vous donnerait toutes les raisons d'user du droit de veto.

La sonnerie de l'intercom interrompit le monologue du ministre arabe. La secrétaire du Président l'informa que le sénateur Weinstein et le représentant Foss attendaient d'être reçus.

— Je les recevrai dans quelques minutes, répondit sèchement le Président. — Puis: Continuez, Monsieur le Ministre.

— Bon. L'Arabie Saoudite et d'autres pays producteurs de pétrole fournissent actuellement environ 60% du pétrole brut consommé aux Etats-Unis. Par le passé, les Etats-Unis ont consenti à plusieurs reprises à des compromis dans leurs rapports avec l'organisation des pays arabes exportateurs de pétrole et ce, afin d'assurer notre coopération dans l'approvisionnement du pays en pétrole brut.

« Il aurait peut-être suffi que je comparaisse devant vous aujourd'hui pour vous révéler que l'Arabie Saoudite finance, anonymement jusqu'ici, la majeure partie

de l'offre de rachat émise par Pétro-Can et le gouvernement canadien. Vous auriez peut-être décidé de rejeter
le projet de loi sur la base de notre demande et à cause
de notre statut de prêteur. Mais mon roi et moi étions
d'avis que notre présence en tant que prêteur connu, ne
suffirait peut-être pas. Nous avons donc fait des démarches qui changent quelque peu notre position dans cette
affaire. Nous croyons d'ailleurs que notre nouvelle position mérite votre appui.

L'intercom sonna de nouveau.

— Monsieur le Président, le sénateur Weinstein dit
que c'est urgent.

Le Président soupira.

— Dites-lui que je le sais très bien, et que je le recevrai dès que possible. Continuez, Monsieur le Ministre.

Le cheik poursuivit.

— Les grandes compagnies pétrolières américaines,
et Exxon n'en est qu'une, extraient et vendent le pétrole
brut de l'Arabie Saoudite dans le monde entier. Pour
vous donner un exemple, Exxon, Texaco et Standard of
California sont les associés de mon pays au sein de
l'Aramco, la compagnie pétrolière arabo-américaine. Cet
investissement leur vaut des profits énormes chaque
année. Nous croyons que le temps est venu de voir l'autre côté de la médaille; il est temps que l'Arabie Saoudite
puisse faire des affaires aux Etats-Unis. Nous rapatrie-
rons, par la même occasion, quelques-uns de tous ces
dollars que votre pays nous a si généreusement donnés
en échange de notre précieux pétrole.

— Je sais aussi, répliqua le Président d'un ton mordant, que l'Arabie Saoudite possède actuellement 60% d'Aramco — 35% de plus qu'au début de 1974.

Que le Président soit au courant de ces chiffres surprit quelque peu le Ministre.

— Oui, eh bien . . . Avant-hier, la veille du jour où le juge Amory devait rendre son jugement, j'ai demandé à nos banquiers suisses de prier M. de Gaspé de venir me rencontrer à Londres. Jusqu'alors, M. de Gaspé ignorait l'implication de l'Arabie Saoudite dans la transaction. Quand le jugement fut rendu, j'étais à Genève au quartier général de l'OPEP; il m'était donc facile de me rendre à Londres. Il sourit. Londres est un endroit merveilleux. De si belles femmes . . .

« Bien, donc, à la suite d'une rencontre qui a eu lieu hier et dont les résultats ont été confirmés par mon roi et notre gouvernement . . .

— Et par le gouvernement canadien, interjecta de Gaspé.

— Nous avons, reprit le Ministre, conclu de nouveaux accords. Bien sûr, on en fera part aux actionnaires d'Exxon dans une circulaire rectifiant la première qui reste en vigueur jusqu'au 1er juin; ainsi, je crois qu'il n'y aura aucun problème du côté de votre commission de contrôle des bourses et des valeurs.

Il écrasa son mégot dans le cendrier devant lui.

— Voici, Monsieur le Président, l'essentiel des nouvelles ententes. Premièrement, l'Arabie Saoudite remplacera le Canada en tant qu'acheteur des parts offertes jusqu'ici — sauf que nous achèterons *toutes* les parts offertes — ce qui donnait 59,3% dimanche dernier.

« Deuxièmement, l'Arabie Saoudite continuera à acheter des parts Exxon sur le marché public jusqu'à ce qu'elle ait acquis 67% de toutes les actions ordinaires en circulation, ce qui lui donnera le contrôle effectif et absolu.

« Troisièmement, dès la signature du contrat d'achat, il est convenu que le Canada rachètera d'Exxon toutes les parts qu'elle détient dans Imperial Oil Ltée, la filiale canadienne d'Exxon, 70% des actions étant détenues par Exxon et le reste par le public.

« De la sorte, le Canada atteindra un objectif national fondamental: il possédera et contrôlera une compagnie pétrolière intégrée qui se consacre à l'exploration, la production, le raffinage et la mise en marché de produits pétrochimiques.

Le Président dévisagea longuement de Gaspé.

— Cela doit être toute une déception pour le Canada que d'avoir à se contenter d'Imperial Oil quand vous visiez Exxon, non?

La réponse se fit entendre tout de suite, d'un ton enthousiaste.

— Pas vraiment, Monsieur le Président. La transaction Exxon représentait un engagement financier énorme pour mon pays. Elle aurait peut-être exigé un effort à la limite de nos possibilités. Et vous avez peut-être entendu dire que le Premier ministre essuie un tir assez nourri de la part de l'opposition et de la presse.

« La plupart de ceux qui se sont opposés à l'offre de rachat émise sur Exxon, conviennent que Pétro-Canada devrait prendre le contrôle d'Imperial. Cela ne fait aucun doute. Pétro-Canada peut financer l'investissement lui-même, sans impliquer le gouvernement ou les banques. Non, le Canada sera bien content, Monsieur le Président, de devenir propriétaire d'Impérial Oil à la fin des transactions, et si nous le faisons, l'effort qu'a exigé l'offre de rachat aura valu la peine. Par l'intermédiaire d'Imperial Oil, nous pourrons mettre de l'essence et du mazout sur le marché à des prix plus bas qui forceront les autres compagnies à se contenter d'une marge de profits plus raisonnable, tout en leur laissant un retour d'investissement respectable, et suffisamment d'argent pour poursuivre leurs programmes d'exploration. Je parle pour Pétro-Canada en disant que nous serons ravis d'acquérir les nouvelles installations pétrolières et gazières d'Impérial dans le delta du Mackenzie, dans les îles arctiques et en Alberta.

« Non, Monsieur le Président, je crois que, du point de vue politique, le Premier ministre est pleinement satisfait du résultat; en fait, il est beaucoup plus à l'aise maintenant qu'il ne l'aurait été avec Exxon sur les bras.

Le Président fit un signe d'assentiment.

— Je vous crois facilement. Aussi le Canada, par ses transactions avec l'Arabie Saoudite, aura finalement gagné un ami dans le monde arabe. Oui, votre Premier ministre a fait une bonne affaire.

Le cheik alla plus loin.

— En ce qui concerne l'Arabie Saoudite, Monsieur le Président, nous serons, pour la première fois dans l'histoire, en mesure de faire affaire dans votre pays de la même façon que vos compagnies font affaire dans le nôtre depuis des décennies. De plus, ce croisement des ressources économiques du Moyen-Orient avec celles des Etats-Unis ne peut que promouvoir la compréhension réciproque et la coopération qui devraient exister entre les pays arabes et les Etats-Unis. La tâche ardue qui confronte nos pays comme le vôtre, qui consiste à travailler inlassablement pour maintenir la paix au Moyen-Orient, et pour régler le problème palestinien de façon juste et équitable, en sera facilitée. Je vois là le signe d'une ère nouvelle . . . et vous, Monsieur le Président?

Le Président Dennis, crispé au bord de son fauteuil, répondit:

— Je vous entends, Monsieur le Ministre, et il me semble qu'ou bien je joue votre jeu, ou bien vous et les autres pays arabes nous couperez tout approvisionnement en pétrole, comme vous l'avez fait après la guerre d'octobre en 73.

Rahman opina dans son sens.

— L'analyse est juste, mais cette fois-ci nous couperons plus efficacement les approvisionnements. Il n'y aura pas la moindre fuite. De plus, les intérêts de toutes les compagnies américaines au Moyen-Orient, ceux d'Exxon y compris, seront saisis.

— Et si je réponds en vous disant que les Etats-Unis établiront un blocus de représailles — ils n'enverront plus ni vivres, ni équipement, ni fournitures médicales aux pays arabes?

Le cheik ne fit que sourire.

— Mon cher Président, coupez tout ce que vous voudrez. Nous, les Arabes, nous avons vécu dans le désert pendant 6,000 ans avant que vous autres — pardon, les Américains — n'envahissiez nos pays, et nous pouvons encore nous passer de vous pendant 6,000 ans, s'il le faut. Mais nous avons maintenant, de toute façon, de nouvelles ententes commerciales, non seulement avec l'Europe occidentale où vous exercez encore une certaine influence, mais également avec le Japon, dont les liens avec nos pays sont devenus très étroits depuis la guerre d'octobre.

« Non, Monsieur le Président, le moment est mal choisi pour parler de représailles. Le temps est venu de parler affaires avec vos amis les Arabes, qui ne désirent qu'agir envers vous comme vous avez agi envers eux.

Le Président se leva lentement. Il hésita un moment, dévisageant à tour de rôle de Gaspé, Charbonneau, et le cheik Kamel Abdul Rahman. L'entretien était terminé.

— Messieurs, dit-il à voix basse, je vous suis reconnaissant de m'avoir apporté ces renseignements importants. Je vous saurais gré de bien vouloir sortir par la porte qui est à ma droite. Le sénateur Weinstein et le représentant Foss attendent dans le bureau par lequel vous êtes entrés, et je voudrais éviter toute confrontation pour l'instant.

Ses hôtes se levèrent pour partir.

— Une dernière chose, dit le Président. Vous savez sans doute que tout ce qui se dit dans ce bureau est enregistré automatiquement et que toute notre conversation est consignée sur bande magnétique. J'ai l'intention de la faire entendre à Weinstein et Foss avant de leur dire — il s'arrêta, et baissa ses yeux sur ses mains qui tremblaient — que je n'ai pas d'autre choix que de mettre mon veto à leur projet de loi.

Annexe I
Pour une politique canadienne nationale de l'énergie

Les buts

Il est urgent, dans l'intérêt du peuple canadien, que l'on établisse sans délai une politique canadienne de l'énergie, afin que les buts et les objectifs du Canada y soient clairement définis et:

qu'une telle politique traite en premier lieu le cas du pétrole brut, du gaz naturel, du charbon, et de leurs dérivés;

qu'elle soit conçue de façon à assurer que chaque Canadien, dans un avenir prochain, soit suffisamment approvisionné en mazout, en essence, et en d'autres fossiles combustibles si c'est nécessaire, et ce, en tenant compte du niveau de vie que cette nation a atteint, et qu'il faudra maintenir;

que la politique nationale de l'énergie garantisse une participation maximale du peuple canadien à la propriété du pétrole brut, du gaz naturel, du charbon, et de leurs dérivés produits au Canada, et qu'il y ait un retour maximal d'investissement au peuple canadien, soit par l'entremise du gouvernement, soit par l'entremise privée:

que lors de la vente des commodités de combustibles fossiles sur le marché canadien ou sur les marchés mondiaux, les Canadiens soient plus à même d'en partager les profits, par redevances ou par taxes à l'exportation, et que toutes les régions pétrolières et gazières non encore explorées dans le Yukon et les Territoires du Nord-Ouest, soient propriété canadienne;

que l'on construise, pour acheminer du pétrole brut, du gaz naturel ou d'autres ressources énergétiques, vers les marchés domestiques, des systèmes de transmission et de transport, de façon à garantir au Canada une autonomie suffisante en matière d'énergie, tout en gardant le droit d'importer ces ressources vitales dans le cas où les conditions du marché et la situation géo-politique rendraient une telle démarche profitable;

que les Etats-Unis aient accès aux surplus des ressources énergétiques;

que l'on vienne immédiatement en aide aux Américains pour construire un système de transport qui acheminera des quantités massives de gaz naturel de la baie de Prud'hoe et de l'Alaska, à travers le Canada, vers les Etats-Unis et les marchés du Midwest.

S'il veut réaliser une politique nationale de l'énergie, le gouvernement du Canada doit travailler en étroite collaboration, et sur un pied d'égalité, avec les provinces productrices et exportatrices de pétrole, plutôt que de procéder par confrontation et en affichant une attitude de supériorité envers les gouvernements provinciaux, afin que les intérêts et les positions de ces provinces, tels que définis par l'Acte de l'Amérique du Nord britannique, soient pleinement respectés.

La politique nationale

1) La politique nationale stipule que toutes les sources d'énergie disponibles au Canada doivent être identi-

fiées et évaluées, et qu'on doit calculer leurs capacités potentielles et les ressources certaines.

2) Les ressources énergétiques du Canada seront conservées et réservées en premier lieu aux besoins et exigences du peuple canadien, pourvu que les quantités de ressources énergétiques désignées comme surplus, compte tenu des besoins canadiens dans un avenir prochain, puissent être exportées vers des marchés étrangers.

3) Le Canada doit parvenir à une autonomie énergétique totale le plus tôt possible, et la priorité absolue doit être accordée à l'exploration et au développement des ressources de pétrole brut et de gaz naturel, y compris les sables bitumineux d'Athabaska.

4) Le Canada doit créer aussitôt que possible des systèmes de transport des combustibles de leur endroit d'origine, au Canada, jusqu'au marché domestique.

5) La politique nationale de l'énergie sera élaborée et mise en œuvre par voie de consultation et de coopération entre les gouvernements producteurs d'énergie (fédéral et provinciaux), à condition que ces deux niveaux de gouvernement travaillent en collaboration et sur un pied d'égalité en accord avec les stipulations de l'Acte de l'Amérique du Nord britannique établissant la juridiction de chaque gouvernement, et à condition aussi que ces droits et privilèges se confondent lorsque l'intérêt du peuple canadien le requerra.

6) La politique nationale de l'énergie visera la création d'une Corporation canadienne de l'énergie, qui travaillera de concert avec la Commission nationale de

l'énergie. Les buts de la Corporation canadienne de l'énergie (CEC), qui ne sera pas une corporation de la Couronne mais qui offrira des parts en vente au public canadien et aux gouvernements provinciaux et fédéral, seront, entre autres, les suivants:

a) La CEC entreprendra toutes recherches de pétrole brut et de gaz naturel dans le Yukon et les Territoires du Nord-Ouest, à la condition qu'elle ait le droit de réunir des fonds d'exploration contre les « les premiers droits à la négociation » du gaz ou du pétrole déjà découvert (Panarctic jouit actuellement d'une telle entente avec Tenneco et Columbia).

b) La CEC financera et entreprendra la construction d'un pipe-line de gaz naturel, allant du couloir de la vallée du Mackenzie, de la frontière Yukon-Alaska et du delta du Mackenzie jusqu'à la frontière américaine, et qui sera relié aux pipe-lines transcanadiens pour fins de distribution à travers le Canada. S'il ne s'agit pas d'acheminer le gaz en provenance de l'Alaska, il suffira de construire un pipe-line de moindre dimension pour acheminer le gaz de la vallée du Mackenzie jusqu'au sud du Canada.

c) La CEC entreprendra la construction du pipe-line du couloir de la vallée du Mackenzie, par l'entremise d'une filiale qu'elle contrôlera à 100%. Cette filiale réunira les fonds nécessaires à la construction, dans une proportion de 10% par la vente d'actions; le reste sera financé par un emprunt. La répartition du financement sera fixée par législation et fixera la vente d'actions à ce pourcentage minimal, vu que les propriétaires du

gaz de l'Arctique, qui sont les grandes corporations multinationales américaines, et les acheteurs américains dis-
posent d'énormément d'argent et de crédit. Le financement du pipe-line ne représenterait donc pas la situation
de « marché » normal. Si le coût de la construction est
de $6 milliards, les fonds canadiens obtenus par la vente
d'actions reviendront à $600 millions qu'il faudra réunir
au moyen de souscriptions publiques et par une participation gouvernementale: on ne déclarerait aucune divi-
dende, et l'intérêt sur l'emprunt commencerait à courir
à partir du moment où le gaz coulerait dans le pipe-line.

d) La CEC sera responsable de la production et de
la vente de tout le pétrole brut et de tout le gaz naturel
sur les terres qu'elle possède, ainsi que du développement de systèmes de transport pour acheminer ces ressources vers le marché.

e) La CEC aura pleins pouvoirs pour procéder, en
collaboration avec le gouvernement de l'Alberta, à la
construction d'usines de pétrole synthétique dans les
sables bitumineux de l'Athabaska, ou pour les construire
de concert avec l'entreprise privée.

f) La CEC aura pleins pouvoirs dans le domaine de
la mise en marché des produits pétroliers, en gros ou au
détail, du raffinage et de l'usinage de ces mêmes produits.
La CEC ne s'engagerait pas dans le domaine de l'électricité hydraulique, sauf pour une éventuelle participation
financière, mais elle pourra entreprendre, avec l'Energie
atomique du Canada Ltée, la production d'énergie nucléaire.

g) La CEC entreprendra des recherches et des projets de développement afin de découvrir de nouvelles sources d'énergie.

7) La politique nationale stipule que, dans le Yukon et les Territoires du Nord-Ouest, les privilèges d'exploration du pétrole brut et du gaz naturel seront réservés exclusivement aux Canadiens et à la CEC, que tous les permis d'exploration dans toute partie du territoire où l'on n'a pas encore entrepris de forage, seront révoqués, que les dépôts monétaires seront remis aux compagnies d'exploration étrangères ou sous contrôle étranger, qui les détiennent actuellement, et tous ces droits seront octroyés à la CEC par le gouvernement du Canada.

8) La politique nationale du Canada stipule par ailleurs que l'on entreprenne immédiatement des démarches en vue de faciliter l'accès des Américains à leur gaz naturel en Alaska et à la Baie de Prud'hoe, par la création d'un réseau de pipe-lines transcanadien. Il faut commencer la construction d'un tel réseau sans délai: quand la construction du pipe-line de pétrole brut devant relier la baie de Prud'hoe à Valdez, en Alaska, sera terminée, le gaz naturel dégagé par la production de pétrole à la baie de Prud'hoe nécessitera l'établissement d'un système de transport de gaz naturel en moins de deux ans.

9) La politique nationale stipule que le gouvernement du Canada reconnaît les droits des peuples indigènes du Yukon et des Territoires du Nord-Ouest, et qu'une entente devra être négociée avec les indigènes avant que

ne commence la construction du pipe-line de gaz naturel dans le couloir de la vallée du Mackenzie.

10) Selon la politique nationale, les corporations de pipe-lines, étant des entreprises de transport ordinaires et régies par la loi, auront un droit statutaire d'engager et de financer l'exploration et le développement pétroliers au Canada.

11) La politique nationale veut que l'on effectue des recherches exhaustives concernant tous les modes de transport possibles, pour acheminer les combustibles fossiles des îles arctiques canadiennes, en tenant compte du système écologique fragile de cette région.

12) En accord avec la politique nationale, un organisme assumera la surveillance globale de la mise en marché domestique et internationale, de la distribution et du prix de tout le pétrole brut, du gaz naturel et de leurs dérivés produits au Canada; et les membres de cet organisme seront désignés par les gouvernements (fédéral et provinciaux) producteurs de gaz et de pétrole. Cette autorité se nommera l'Organisation canadienne des gouvernements exportateurs de pétrole (OCGEP).

13) Le prix des combustibles sur le marché domestique sera fixé par rapport aux coûts de production de ces combustibles au Canada, et ne sera pas établi selon les prix en vigueur sur le marché mondial; et ce, pourvu que les combustibles destinés à l'exportation soient vendus à un prix qui correspondra aux prix mondiaux.

14) L'OCGEP sera responsable de la création et de la mise en œuvre de tout programme jugé nécessaire

quant à l'allocation, la distribution, le prix ou le rationnement de mazout et d'essence.

15) La Commission nationale de l'énergie continuera à assumer le rôle qu'elle a assumé par le passé, sauf dans le cas où ses pouvoirs incombent à l'OCGEP; et la CNE aura un statut consultatif à l'OCGEP.

Les politiques de mise en œuvre

1) On devra construire sans délai, avec des fonds gouvernementaux, un pipe-line qui acheminera le pétrole brut de l'Ouest vers les raffineries de Montréal, et concevoir et construire un pipe-line qui acheminera du pétrole brut et des produits raffinés vers les Provinces Maritimes.

2) On doit dresser des plans d'urgence pour acheminer de l'essence et du mazout des raffineries ontariennes vers le Québec et les Provinces Maritimes.

3) Le prix du pétrole brut de l'Ouest pourra augmenter quand on aura levé la taxe fédérale à l'exportation, à condition que son prix sur le marché domestique plafonne à un niveau qui reflète les besoins déclarés de l'industrie pétrolière canadienne, pour permettre à celle-ci de poursuivre l'exploration et le développement (l'industrie déclare que la production de pétrole brut de l'ouest cessera en 1984 au plus tard, à moins de nouvelles découvertes) ; et pourvu que l'industrie pétrolière s'engage fermement à n'utiliser les fonds obtenus par la hausse des prix qu'aux fins d'exploration et de développement.

4) On s'efforcera d'encourager, par des exemptions d'impôts ou par tout autre moyen, l'exploitation des sables bitumineux de l'Athabaska.

5) Il faut prendre des initiatives globales d'envergure nationale pour encourager et, le cas échéant, rendre obligatoire la réduction de la consommation canadienne de combustibles fossiles, surtout en ce qui concerne les automobiles.

6) Il faut convoquer immédiatement une réunion des Premiers ministres, afin de:

    a) résoudre les conflits énergétiques qui divisent les gouvernements fédéral et provinciaux;

    b) négocier et élaborer une politique nationale canadienne de l'énergie;

    c) résoudre le problème de la fixation des prix du pétrole et du gaz naturel sur les marchés domestiques et internationaux;

    d) fonder l'Organisation canadienne des gouvernements exportateurs de pétrole et investir l'OCGEP de toute l'autorité nécessaire à l'accomplissement de sa tâche;

    e) fixer les objectifs canadiens à court et à long termes et élaborer une politique telle que les relations énergétiques canado - américaines permettent de résoudre la crise grandissante de l'énergie qui sévit aux Etats-Unis.

Annexe II
Extrait du Hansard*.
jeudi le 20 novembre 1980

Le discours du Premier ministre dans lequel celui-ci expose sa conception d'une Chambre des communes itinérante:

Monsieur le Président, quand cette nation fut créée par la Confédération de 1867, il était approprié, voire nécessaire, de désigner une capitale. Cette capitale était Ottawa, et il était convenable et nécessaire que les honorables membres de cette Chambre d'alors, quittent leurs circonscriptions respectives pour les sessions du Parlement. Ils savaient que, les communications postales mises à part — et de telles communications devaient être acheminées par cheval, par voiture, par chemin de fer et même par bateau —, ils n'auraient pas l'occasion de communiquer avec leur famille, leur circonscription, ou d'autres régions du Canada, et aussi qu'il leur serait impossible de se rendre rapidement chez eux pour y passer quelques jours.

Par conséquent, les édifices parlementaires à Ottawa représentaient, pour les membres de la Chambre et du Sénat, l'unique endroit où il s'avérait pratique de siéger. Et il en a été ainsi pendant 114 ans; tous ceux qui ont affaire au Parlement, qu'ils soient de la côte du Pacifique

---

* *Hansard: compte-rendu officiel des débats parlementaires, longtemps rédigé par MM. Hansard.*

ou de celle de l'Atlantique, ou même des rives de l'océan Arctique, doivent se rendre à Ottawa. Les décisions prises à la Chambre des communes affectent toutes ces régions; mais de telles décisions sont souvent prises par des hommes et des femmes qui n'ont jamais vu les régions concernées, ni rencontré les gens qui les habitent.

Monsieur le Président, durant les douze décennies qui se sont écoulées depuis la Confédération, l'homme a été témoin de changements tels que le monde n'en avait jamais connus. Nous connaissons maintenant la magie de la télévision, des ordinateurs, du téléphone, du télex. Nous pouvons transmettre, par l'électronique, des images et des pages imprimées. Nous pouvons, au moyen de satellites spatiaux, communiquer instantanément avec tout point du globe. Nous pouvons nous déplacer dans des avions géants à réaction, et aller d'un bout à l'autre du pays dans un temps miraculeusement court. Nous possédons, comme des articles de première nécessité, des voitures automobiles qui nous transportent d'un endroit à l'autre. Nous avons la radio, des camions et une pléiade d'instruments de communications et des moyens de transport qui ont rendu ce pays plus petit, à notre portée — c'est un pays où nous pouvons maintenir un contact étroit en tout temps.

Bien que je ne propose pas que ce que j'avance soit vraiment mis à exécution, je vous assure, Monsieur le Président, qu'en principe, — mais pour des raisons évidentes, je ne crois pas qu'on le fera — il est possible de mettre tous les membres de la Chambres des communes, et tous les sous-ministres, dans un seul Boeing 747, et de les transporter tous vers n'importe quelle grande ville canadienne en moins de quatre heures.

Je ne propose pas que la Chambre des communes se déplace à travers le Canada comme un seul corps — premièrement, il y aurait une dispute quant à savoir quelle direction prendre, et ensuite, en cas d'accident d'avion, il y aurait un vide plutôt gênant pour le pays.

Une des préoccupations majeures de ce gouvernement est de maintenir l'unité nationale à son maximum. Ce pays a été tourmenté par des conflits régionaux, par les exigences des provinces qui se montrent de plus en plus fortes face au gouvernement fédéral, par des disparités régionales et par certains problèmes qui nous ont parfois incités à poser une question des plus graves, à savoir si le Canada, tel qu'il existe maintenant en tant que confédération, peut survivre.

Monsieur le Président, le temps est venu pour la Chambre des communes, étant donné que toutes les facilités de communication et de transport peuvent être mises à sa disposition, de siéger et de conduire ses affaires pendant de courtes périodes, dans les centres régionaux importants du Canada.

Ainsi, tous les membres de la Chambre démontreront aux habitants de la région où elle siège, qu'ils s'intéressent à eux et à leurs problèmes particuliers, et que les membres du Parlement se tiennent à la disposition du peuple. De plus, il se peut fort bien que, pour de nombreux députés, un séjour dans une ville donnée constitue leur première visite dans cette région.

Pour ces raisons, Monsieur le Président, je propose que la Chambre des communes siège à Edmonton, la capitale de l'Alberta, pour une période de six semaines à partir du mardi 3 mars 1981, qu'elle siège ensuite à Québec pendant une même période au cours de l'automne 1981, et à Yellowknife au printemps 1982, et dans d'autres villes au printemps et à l'automne de chaque année subséquente.

Cette proposition a été revue et approuvée par un comité constitué de membres de tous les partis; ce comité s'est en outre chargé de prendre les dispositions nécessaires pour assurer l'hébergement des députés, et pour convertir une aréna ou tout autre édifice, à Edmonton, en Chambre des communes temporaire.

Achevé d'imprimer sur les presses de
L'IMPRIMERIE ELECTRA *
pour
LES EDITIONS DE L'HOMME LTÉE

* Division du groupe Sogides Ltée

Ouvrages parus
chez les Éditeurs du groupe Sogides

Ouvrages parus aux
ÉDITIONS
DE L'HOMME

ART CULINAIRE

Art de vivre en bonne santé (L'),
Dr W. Leblond, **3.00**

Boîte à lunch (La), L.-Lagacé, **3.00**

101 omelettes, M. Claude, **3.00**

Choisir ses vins, P. Petel, **2.00**

Cocktails de Jacques Normand (Les),
J. Normand, **3.00**

Congélation (La), S. Lapointe, **3.00**

Cuisine chinoise (La), L. Gervais, **3.00**

Cuisine de maman Lapointe (La),
S. Lapointe, **3.00**

Cuisine de Pol Martin, Pol Martin, **4.00**

Cuisine des 4 saisons (La),
Mme Hélène Durand-LaRoche, **3.00**

Cuisine française pour Canadiens,
R. Montigny, **4.00**

Cuisine en plein air, H. Doucet, **2.00**

Cuisine italienne (La), Di Tomasso, **2.00**

Diététique dans la vie quotidienne,
L. Lagacé, **3.00**

En cuisinant de 5 à 6, J. Huot, **3.00**

Fondues et flambées, S. Lapointe, **3.00**

Grande Cuisine au Pernod (La),
S. Lapointe, **3.00**

Hors-d'oeuvre, salades et buffets froids,
L. Dubois, **3.00**

Madame reçoit, H.D. LaRoche, **2.50**

Mangez bien et rajeunissez, R. Barbeau, **3.00**

Recettes à la bière des grandes cuisines
Molson, M.L. Beaulieu, **2.00**

Recettes au "blender", J. Huot, **4.00**

Recettes de maman Lapointe,
S. Lapointe, **3.00**

Recettes de gibier, S. Lapointe, **3.00**

Régimes pour maigrir, M.J. Beaudoin, **4.00**

Tous les secrets de l'alimentation,
M.J. Beaudoin, **3.50**

Vin (Le), P. Petel, **3.00**

Vins, cocktails et spiritueux,
G. Cloutier, **2.00**

Vos vedettes et leurs recettes,
G. Dufour et G. Poirier, **3.00**

Y'a du soleil dans votre assiette,
Georget-Berval-Gignac, **3.00**

DOCUMENTS, BIOGRAPHIE

Acadiens (Les), E. Leblanc, **2.00**

Bien-pensants (Les), P. Berton, **2.50**

Bourassa-Québec, R. Bourassa, **1.00**

Camillien Houde, H. Larocque, **1.00**

Canadians et nous (Les), J. De Roussan, **1.00**

Ce combat qui n'en finit plus,
A. Stanké,-J.L. Morgan, **3.00**

Charlebois, qui es-tu?, B. L'Herbier, **3.00**

Chroniques vécues, tome 1, H. Grenon, **3.50**

Chroniques vécues, tome 2, H. Grenon, **3.50**

Conquête de l'espace (La), J. Lebrun, 5.00

Des hommes qui bâtissent le Québec, collaboration, 3.00

Deux innocents en Chine rouge, P.E. Trudeau, J. Hébert, 2.00

Drapeau canadien (Le), L.A. Biron, 1.00

Drogues, J. Durocher, 2.00

Egalité ou indépendance, D. Johnson, 2.00

Epaves du Saint-Laurent (Les), J. Lafrance, 3.00

Félix Leclerc, J.P. Sylvain, 2.50

Fabuleux Onassis (Le), C. Cafarakis, 3.00

Fête au village, P. Legendre, 2.00

FLQ 70: Offensive d'automne, J.C. Trait, 3.00

France (La), Larousse-Homme, 2.50

France des Canadiens (La), R. Hollier, 1.50

Greffes du coeur (Les), collaboration, 2.00

Hippies (Les), Time-coll., 3.00

Imprévisible M. Houde (L'), C. Renaud, 2.00

Insolences du Frère Untel, F. Untel, 1.50

J'aime encore mieux le jus de betteraves, A. Stanké, 2.50

Juliette Béliveau, D. Martineau, 3.00

La Bolduc, R. Benoit, 1.50

Lamia, P.T. De Vosjoli, 5.00

L'Ermite, L. Rampa, 3.00

Magadan, M. Solomon, 6.00

Maison traditionnelle au Québec (La), M. Lessard, G. Vilandré, 10.00

Mammifères de mon pays, Duchesnay-Dumais, 2.00

Masques et visages du spiritualisme contemporain, J. Evola, 5.00

Michèle Richard raconte Michèle Richard, M. Richard, 2.50

Mozart, raconté en 50 chefs-d'oeuvre, P. Roussel, 5.00

Nationalisation de l'électricité (La), P. Sauriol, 1.00

Napoléon vu par Guillemin, H. Guillemin, 2.50

Objets familiers de nos ancêtre, L. Vermette, N. Genêt, L. Décarie-Audet, 6.00

On veut savoir, (4 t.), L. Trépanier, 1.00 ch.

Option Québec, R. Lévesque, 2.00

Pellan, G. Lefebvre, 18.95

Pour entretenir la flamme, L. Rampa, 3.00

Pour une radio civilisée, G. Proulx, 2.00

Prague, l'été des tanks, collaboration, 3.00

Premiers sur la lune, Armstrong-Aldrin-Collins, 6.00

Prisonniers à l'Oflag 79, P. Vallée, 1.00

Prostitution à Montréal (La), T. Limoges, 1.50

Québec 1800, W.H. Bartlett, 15.00

Rage des goof-balls, A. Stanké-M.J. Beaudoin, 1.00

Rescapée de l'enfer nazi, R. Charrier, 1.50

Révolte contre le monde moderne, J. Evola, 6.00

Riopelle, G. Robert, 3.50

Terrorisme québécois (Le), Dr G. Morf, 3.00

Ti-blanc, mouton noir, R. Laplante, 2.00

Treizième chandelle, L. Rampa, 3.00

Trois vies de Pearson (Les), Poliquin-Beal, 3.00

Trudeau, le paradoxe, A. Westell, 5.00

Une culture appelée québécoise, G. Turi, 2.00

Un peuple oui, une peuplade jamais! J. Lévesque, 3.00

Un Yankee au Canada, A. Thério, 1.00

Vizzini, S. Vizzini, 5.00

Vrai visage de Duplessis (Le), P. Laporte, 2.00

ENCYCLOPEDIES

Encyclopédie de la maison québécoise, Lessard et Marquis, 8.00

Encyclopédie des antiquités du Québec, Lessard et Marquis, 7.00

Encyclopédie des oiseaux du Québec, W. Earl Godfrey, 6.00

Encyclopédie du jardinier horticulteur, W.H. Perron, 6.00

Encyclopédie du Québec, Vol. I et Vol. II, L. Landry, 6.00 ch.

ESTHETIQUE ET VIE MODERNE

Cellulite (La), Dr G.J. Léonard, **3.00**
Chirurgie plastique et esthétique,
Dr A. Genest, **2.00**
Embellissez votre corps, J. Ghedin, **$2.00**
Embellissez votre visage, J. Ghedin, **1.50**
Etiquette du mariage, Fortin-Jacques,
Farley, **2.50**
Exercices pour rester jeune, T. Sekely, **3.00**
Femme après 30 ans, N. Germain, **3.00**
Femme émancipée (La), N. Germain et
L. Desjardins, **2.00**
Leçons de beauté, E. Serei, **2.50**

Médecine esthétique (La),
Dr G. Lanctôt, **5.00**
Savoir se maquiller, J. Ghedin, **1.50**
Savoir-vivre, N. Germain, **2.50**
Savoir-vivre d'aujourd'hui (Le),
M.F. Jacques, **2.00**
Sein (Le), collaboration, **2.50**
Soignez votre personnalité, messieurs,
E. Serei, **2.00**
Vos cheveux, J. Ghedin, **2.50**
Vos dents, Archambault-Déom, **2.00**

LINGUISTIQUE

Améliorez votre français, J. Laurin, **3.00**
Anglais par la méthode choc (L'),
J.L. Morgan, **3.00**
Dictionnaire en 5 langues, L. Stanké, **2.00**

Petit dictionnaire du joual au français,
A. Turenne, **2.00**
Savoir parler, R.S. Catta, **2.00**
Verbes (Les), J. Laurin, **3.00**

LITTERATURE

Amour, police et morgue, J.M. Laporte, **1.00**
Bigaouette, R. Lévesque, **2.00**
Bousille et les Justes, G. Gélinas, **2.00**
Candy, Southern & Hoffenberg, **3.00**
Cent pas dans ma tête (Les), P. Dudan, **2.50**
Commettants de Caridad (Les),
Y. Thériault, **2.00**
Des bois, des champs, des bêtes,
J.C. Harvey, **2.00**
Ecrits de la Taverne Royal, collaboration, **1.00**
Gésine, Dr R. Lecours, **2.00**
Hamlet, Prince du Québec, R. Gurik, **1.50**
Homme qui va (L'), J.C. Harvey, **2.00**
J'parle tout seul quand j'en narrache,
E. Coderre, **2.00**
Mort attendra (La), A. Malavoy, **1.00**
Malheur a pas des bons yeux,
R. Lévesque, **2.00**
Marche ou crève Carignan, R. Hollier, **2.00**
Mauvais bergers (Les), A.E. Caron, **1.00**
Mes anges sont des diables,
J. de Roussan, **1.00**

Montréalités, A. Stanké, **1.00**
Mort d'eau (La), Y. Thériault, **2.00**
Ni queue, ni tête, M.C. Brault, **1.00**
Pays voilés, existences, M.C. Blais, **1.50**
Pomme de pin, L.P. Dlamini, **2.00**
Pour la grandeur de l'homme,
C. Péloquin, **2.00**
Printemps qui pleure (Le), A. Thério, **1.00**
Propos du timide (Les), A. Brie, **1.00**
Roi de la Côte Nord (Le), Y. Thériault, **1.00**
Séjour à Moscou, Y. Thériault, **2.00**
Temps du Carcajou (Les), Y. Thériault, **2.50**
Tête blanche, M.C. Blais, **2.50**
Tit-Coq, G. Gélinas, **3.00**
Toges, bistouris, matraques et soutanes,
collaboration, **1.00**
Un simple soldat, M .Dubé, **2.00**
Valérie, Y. Thériault, **2.00**
Vertige du dégoût (Le), E.P. Morin, **1.00**

LIVRES PRATIQUES – LOISIRS

Aérobix, Dr P. Gravel, **2.50**

Alimentation pour futures mamans,
T. Sekely et R. Gougeon, **3.00**

Apprenez la photographie avec Antoine
Desilets, A. Desilets, **4.00**

Bougies (Les), W. Schutz, **4.00**

Bricolage (Le), J.M. Doré, **3.00**

Bricolage au féminin (Le), J.-M. Doré, **3.00**

Bridge (Le), V. Beaulieu, **4.00**

Cabanes d'oiseaux (Les), J.M. Doré, **3.00**

Camping et caravaning, J. Vic et
R. Savoie, **2.50**

Cinquante et une chansons à répondre,
P. Daigneault, **2.00**

Comment prévoir le temps, E. Neal, **1.00**

Conseils à ceux qui veulent bâtir,
A. Poulin, **2.00**

Conseils aux inventeurs, R.A. Robic, **3.00**

Couture et tricot, M.H. Berthouin, **2.00**

Dictionnaire des mots croisés,
Collaboration, **5.00**

Fins de partie aux dames,
H. Tranquille, G. Lefebvre, **4.00**

Fléché (Le), L. Lavigne et F. Bourret, **4.00**

Guide complet de la couture (Le),
L. Chartier, **4.00**

Guide de l'astrologie (Le), J. Manolesco, **3.00**

Guide de la haute-fidélité, G. Poirier, **4.00**

Hatha-yoga pour tous, S. Piuze, **3.00**

8/Super 8/16, A. Lafrance, **5.00**

Hypnotisme (L'), J. Manolesco, **3.00**

Informations touristiques, la France,
Deroche et Morgan, **2.50**

Informations touristiques, le Monde,
Deroche, Colombani, Savoie, **2.50**

Insolences d'Antoine, A. Desilets, **3.00**

Interprétez vos rêves, L. Stanké, **4.00**

Jardinage (Le), P. Pouliot, **4.00**

Je développe mes photos, A. Desilets, **5.00**

Je prends des photos, A. Desilets, **5.00**

Jeux de société, L. Stanké, **3.00**

J'installe mon équipement stéro, T. I et II,
J.M. Doré, **3.00** ch.

Juste pour rire, C. Blanchard, **2.00**

Lignes de la main (Les), L. Stanké, **4.00**

Massage, (Le), B. Scott, **4.00**

Météo (La), A. Ouellet, **3.00**

Origami I, R. Harbin, **3.00**

Origami II, R. Harbin, **3.00**

Ouverture aux échecs (L'), C. Coudari, **4.00**

Plantes d'intérieur, P. Pouliot, **6.00**

Poids et mesures, calcul rapide,
L. Stanké, **3.00**

Pourquoi et comment cesser de fumer,
A. Stanké, **1.00**

La retraite, D. Simard, **2.00**

Tapisserie (La), T.-M. Perrier,
N.-B. Langlois, **5.00**

Taxidermie (La), J. Labrie, **4.00**

Technique de la photo, A. Desilets, **4.00**

Techniques du jardinage (Les),
P. Pouliot, **6.00**

Tenir maison, F.G. Smet, **2.00**

Tricot (Le), F. Vandelac, **3.00**

Trucs de rangement no 1, J.M. Doré, **3.00**

Trucs de rangement no 2, J.M. Doré, **3.00**

Une p'tite vite, G. Latulippe, **2.00**

Vive la compagnie, P. Daigneault, **3.00**

Voir clair aux échecs, H. Tranquille, **3.00**

Voir clair aux dames, H. Tranquille, **3.00**

Votre avenir par les cartes, L. Stanké, **3.00**

Votre discothèque, P. Roussel, **4.00**

LE MONDE DES AFFAIRES ET LA LOI

ABC du marketing (L'), A. Dahamni, **3.00**

Bourse, (La), A. Lambert, **3.00**

Budget (Le), collaboration, **3.00**

Ce qu'en pense le notaire, Me A. Senay, **2.00**

Connaissez-vous la loi? R. Millet, **2.00**

Cruauté mentale, seule cause du divorce?
(La), Me Champagne et Dr Léger, **3.00**

Dactylographie (La), W. Lebel, **2.00**

Dictionnaire des affaires (Le), W. Lebel, **2.00**

Dictionnaire économique et financier,
E. Lafond, **4.00**

Dictionnaire de la loi (Le), R. Millet, **2.50**

Dynamique des groupes,
Aubry-Saint-Arnaud, **1.50**

Guide de la finance (Le), B. Pharand, **2.50**

Loi et vos droits (La),
Me P.A. Marchand, **5.00**

Secrétaire (Le/La) bilingue, W. Lebel, **2.50**

PATOF

Cuisinons avec Patof, J. Desrosiers, **1.29**
Patof raconte, J. Desrosiers, **0.89**

Patofun, J. Desrosiers, **0.89**

SANTE, PSYCHOLOGIE, EDUCATION

Activité émotionnelle, P. Fletcher, **3.00**
Adolescent veut savoir (L'),
  Dr L. Gendron, **3.00**
Adolescente veut savoir (L'),
  Dr L. Gendron, **2.00**
Amour après 50 ans (L'), Dr L. Gendron, **3.00**
Apprenez à connaître vos medicaments,
  H. Poitevin, **3.00**
Caractères et tempéraments,
  C.-G. Sarrazin, **3.00**
Complexes et psychanalyse,
  P. Valinieff, **2.50**
Comment vaincre la gêne et la timidité,
  R.S. Catta, **2.00**
Communication et épanouissement
  personnel, L. Auger, **3.00**
Contraception (La), Dr L. Gendron, **3.00**
Couple sensuel (Le), Dr L. Gendron, **$2.00**
Cours de psychologie populaire,
  F. Cantin, **3.00**
Dépression nerveuse (La), collaboration, **3.00**
Développez votre personnalité,
  vous réussirez, S. Brind'Amour, **2.50**
Déviations sexuelles (Les),
  Dr Y. Léger, **2.50**
En attendant mon enfant,
  Y.P. Marchessault, **3.00**
Femme enceinte (La), Dr R. Bradley, **3.00**
Femme et le sexe (La), Dr L. Gendron, **3.00**
Guérir sans risques, Dr E. Plisnier, **3.00**
Guide des premiers soins, Dr J. Hartley, **4.00**
Guide médical de mon médecin de famille,
  Dr M. Lauzon, **3.00**
Homme et l'art érotique (L'),
  Dr L. Gendron, **3.00**
Langage de votre enfant (Le),
  C. Langevin, **3.00**

Maladies psychosomatiques (Les),
  Dr R. Foisy, **2.00**
Maladies transmises par relations sexuelles,
  Dr L. Gendron, **3.00**
Maman et son nouveau-né (La),
  T. Sekely, **3.00**
Mariée veut savoir (La), Dr L. Gendron, **3.00**
Ménopause (La), Dr L. Gendron, **3.00**
Merveilleuse Histoire de la naissance (La),
  Dr L. Gendron, **4.50**
Madame est servie, Dr L. Gendron, **2.00**
Parents face à l'année scolaire (Les),
  collaboration, **2.00**
Personne humaine (La),
  Y. Saint-Arnaud, **4.00**
Pour vous future maman, T. Sekely, **3.00**
Quel est votre quotient psycho-sexuel,
  Dr L. Gendron, **2.00**
Qu'est-ce qu'une famme, Dr L. Gendron, **4.00**
Qu'est-ce qu'un homme, Dr L. Gendron, **3.00**
15/20 ans, F. Tournier et P. Vincent, **4.00**
Relaxation sensorielle (La), Dr P. Gravel, **3.00**
Sexualité (La), Dr L. Gendron, **3.00**
Volonté (La), l'attention, la mémoire,
  R. Tocquet, **3.00**
Vos mains, miroir de la personnalité,
  P. Maby, **3.00**
Votre écriture, la mienne et celle des
  autres, F.X. Boudreault, **2.00**
Votre personnalité, votre caractère,
  Y. Benoist-Morin, **2.00**
Yoga, corps et pensée, B. Leclerq, **3.00**
Yoga, santé totale pour tous,
  G. Lescouflar, **2.00**
Yoga sexe, Dr Gendron et S. Piuze, **3.00**

SPORTS (collection dirigée par Louis Arpin)

ABC du hockey (L'), H. Meeker, **3.00**
Aïkido, au-delà de l'agressivité,
  M. Di Villadorata, **3.00**
Armes de chasse (Les), Y. Jarrettie, **3.00**
Baseball (Le), collaboration, **2.50**
Bicyclette (La), J. Blish, **4.00**
Course-Auto 70, J. Duval, **3.00**
Courses de chevaux (Les), Y. Leclerc, **3.00**
Devant le filet, J. Plante, **3.00**

Entraînement par les poids et haltères,
  F. Ryan, **3.00**
Expos, cinq ans après,
  D. Brodeur, J.-P. Sarrault, **3.00**
Golf (Le), J. Huot, **2.00**
Football (Le), collaboration, **2.50**
Football professionnel, J. Séguin, **3.00**
Guide de l'auto (Le) (1967), J. Duval, **2.00**
  (1968-69-70-71), 3.00 chacun

Guide du judo, au sol (Le), L. Arpin, **4.00**
Guide du judo, debout (Le), L. Arpin, **4.00**
Guide du self-defense (Le), L. Arpin, **4.00**
Guide du ski: Québec 72, collaboration, **2.00**
Guide du ski 73, Collaboration, **2.00**
Guide du trappeur,
  P. Provencher, **4.00**
Initiation à la plongée sous-marine,
  R. Goblot, **5.00**
J'apprends à nager, R. Lacoursière, **4.00**
Jocelyne Bourassa,
  J. Barrette et D. Brodeur, **3.00**
Karaté (Le), Y. Nanbu, **4.00**
Livre des règlements, LNH **1.00**
Lutte olympique (La), M. Sauvé, **4.00**
Match du siècle: Canada-URSS,
  D. Brodeur, G. Terroux, **3.00**
Mon coup de patin, le secret du hockey,
  J. Wild, **3.00**
Natation (La), M. Mann, **2.50**
Natation de compétition, R. LaCoursière, **3.00**

Parachutisme, C. Bédard, **4.00**
Pêche au Québec (La), M. Chamberland, **3.00**
Petit guide des Jeux olympiques,
  J. About-M. Duplat, **2.00**
Puissance au centre, Jean Béliveau,
  H. Hood, **3.00**
Ski (Le), W. Schaffler-E. Bowen, **3.00**
Soccer, G. Schwartz, **3.50**
Stratégie au hockey (La), J.W. Meagher, **3.00**
Surhommes du sport, M. Desjardins, **3.00**
Techniques du golf,
  L. Brien et J. Barrette, **3.50**
Tennis (Le), W.F. Talbert, **3.00**
Tous les secrets de la chasse,
  M. Chamberland, **2.00**
Tous les secrets de la pêche,
  M. Chamberland, **2.00**
36-24-36, A. Coutu, **2.00**
Troisième retrait, C. Raymond,
  M. Gaudette, **3.00**
Vivre en forêt, P. Provencher, **4.00**
Voile (La), Nik Kebedgy, **4.00**

Ouvrages parus à
L'ACTUELLE JEUNESSE

Crimes à la glace, P.S. Fournier, **1.00**
Echec au réseau meurtrier, R. White, **1.00**
Engrenage, C. Numainville, **1.00**
Feuilles de thym et fleurs d'amour,
  M. Jacob, **1.00**
Lady Sylvana, L. Morin, **1.00**
Moi ou la planète, C. Montpetit, **$1.00**

Porte sur l'enfer, M. Vézina, **1.00**
Silences de la croix du Sud (Les),
  D. Pilon, **1.00**
Terreur bleue (La), L. Gingras, **1.00**
Trou, S. Chapdelaine, **1.00**
22,222 milles à l'heure, G. Gagnon, **1.00**
Une chance sur trois, S. Beauchamp, **1.00**

Ouvrages parus à
L'ACTUELLE

Aaron, Y. Thériault, **2.50**
Agaguk, Y. Thériault, **4.00**
Allocutaire (L'), G. Langlois, **3.00**
Bois pourri (Le), A. Maillet, **2.50**
Carnivores (Les), F. Moreau, **2.50**

Carré Saint-Louis, J.J. Richard, **3.00**
Centre-ville, J.-J. Richard, **3.00**
Cul-de-sac, Y. Thériault, **3.00**
Danka, M. Godin, **3.00**
Débarque (La), R. Plante, **3.00**

Demi-civilisés (Les), J.C. Harvey, **3.00**
Dernier havre (Le), Y. Thériault, **2.50**
Domaine de Cassaubon (Le),
  G. Langlois, **3.00**
Dompteur d'ours (Le), Y. Thériault, **2.50**
Doux Mal (Le), A. Maillet, **3.00**
D'un mur à l'autre, P.A. Bibeau, **2.50**
Et puis tout est silence, C. Jasmin, **3.00**
Faites de beaux rêves, J. Poulin, **3.00**
Fille laide (La), Y. Thériault, **3.00**
Fréquences interdites, P.-A. Bibeau, **3.00**
Fuite immobile (La), G. Archambault, **3.00**
Jeu des saisons (Le),
  M. Ouellette-Michalska, **2.50**
Marche des grands cocus (La),
  R. Fournier, **3.00**

Monsieur Isaac, N. de Bellefeuille et
  G. Racette, **3.00**
Mourir en automne, C. DeCotret, **2.50**
Neuf jours de haine, J.J. Richard, **3.00**
N'Tsuk, Y. Thériault, **2.00**
Ossature, R. Morency, **3.00**
Outaragasipi (L'), C. Jasmin, **3.00**
Petite Fleur du Vietnam, C. Gaumont, **3.00**
Pièges, J.J. Richard, **3.00**
Porte Silence, P.A. Bibeau, **2.50**
Requiem pour un père, F. Moreau, **2.50**
Scouine (La), A. Laberge, **3.00**
Tayaout, fils d'Agaguk, Y. Thériault, **2.50**
Tours de Babylone (Les), M. Gagnon, **3.00**
Vendeurs du Temple, Y. Thériault, **3.00**
Visages de l'enfance (Les), D. Blondeau, **3.00**
Vogue (La), P. Jeancard, **3.00**

Ouvrages parus aux
PRESSES LIBRES

Amour (L'), collaboration, **6.00**
Amour humain (L'), R. Fournier, **2.00**
Anik, Gilan, **3.00**
Ariâme . . .Plage nue, P. Dudan, **3.00**
Assimilation pourquoi pas? (L'),
  L. Landry, **2.00**
Aventures sans retour, C.J. Gauvin, **3.00**
Bateau ivre (Le), M. Metthé, **2.50**
Cent Positions de l'amour (Les),
  H. Benson, **4.00**
Comment devenir vedette, J. Beaulne, **3.00**
Couple sensuel (Le), Dr L. Gendron, **2.00**
Des Zéroquois aux Québécois,
  C. Falardeau, **2.00**
Emmanuelle à Rome, **5.00**
Exploits du Colonel Pipe (Les),
  R. Pradel, **3.00**
Femme au Québec (La),
  M. Barthe et M. Dolment, **3.00**
Filles à Mao (Les), Gilan, **4.00**
Franco-Fun Kébecwa, F. Letendre, **2.50**
Guide des caresses, P. Valinieff, **3.00**
Incommunicants (Les), L. Leblanc, **3.00**
Initiation à Menke Katz, A. Amprimoz, **1.50**
Joyeux Troubadours (Les), A. Rufiange, **2.00**
Ma cage de verre, M. Metthé, **2.50**
Maria de l'hospice, M. Grandbois, **2.00**

Menues, dodues, Gilan, **3.00**
Mes expériences autour du monde,
  R. Boisclair, **3.00**
Mine de rien, G. Lefebvre, **3.00**
Monde agricole (Le), J.C. Magnan, **3.50**
Négresse blonde aux yeux bridés,
  C. Falardeau, **2.00**
Paradis sexuel des aphrodisiaques (Le),
  M. Rouet, **4.00**
Plaidoyer pour la grève et la contestation,
  A. Beaudet, **2.00**
Positions +, J. Ray, **3.00**
Pour une éducation de qualité au Québec,
  C.H. Rondeau, **2.00**
Québec français ou Québec québécois,
  L. Landry, **3.00**
Rêve séparatiste, L. Rochette, **2.00**
Salariés au pouvoir (Les), Frap, **1.00**
Séparatiste, non, 100 fois non!
  Comité Canada, **2.00**
Teach-in sur l'avortement,
  Cegep de Sherbrooke, **3.00**
Terre a une taille de guêpe (La),
  P. Dudan, **3.00**
Tocap, P. de Chevigny, **2.00**
Virilité et puissance sexuelle, M. Rouet, **3.00**
Voix de mes pensées (La), E. Limet, **2.50**

Books published by HABITEX

Wine: A practical Guide for Canadians,
  P. Petel, **2.95**
Waiting for your child,
  Y.P. Marchessault, **2.95**
Visual Chess, H. Tranquille, **2.95**
Understanding Medications,
  R. Poitevin, **2.95**
A Guide to Self-Defense, L. Arpin, **3.95**
Techniques in Photography, A. Desilets, **4.95**
"Social" Diseases, L. Gendron, **2.50**
Fondues and Flambes, S. Lapointe, **2.50**
Cellulite, G. Léonard, **2.95**
Interpreting your Dreams, L. Stanké, **2.95**
Aikido, M. di Villadorata, **3.95**

8/Super 8/16, A. Lafrance, **4.95**
Taking Photographs, A. Desilets, **4.95**
Developing your photographs,
  A. Desilets, **4.95**
Gardening, P. Pouliot,
Yoga and your Sexuality,
  S. Piuze, Dr L. Gendron, **3.95**
The Complete Woodsman,
  P. Provencher, **3.95**
Sansukai Karate, Y. Nanbu, **3.95**
Sailing, N. Kebedgy, **4.95**
The complete guide to judo, L. Arpin, **4.95**
Music in Quebec 1600-1800,
  B. Amtmann, **10.00**

Diffusion Europe

Belgique: 21, rue Defacqz — 1050 Bruxelles
France: 4, rue de Fleurus — 75006 Paris

CANADA	BELGIQUE	FRANCE
$ 2.00	100 FB	13 F
$ 2.50	125 FB	16,25 F
$ 3.00	150 FB	19,50 F
$ 3.50	175 FB	22,75 F
$ 4.00	200 FB	26 F
$ 5.00	250 FB	32,50 F
$ 6.00	300 FB	39 F
$ 7.00	350 FB	45,50 F
$ 8.00	400 FB	52 F
$ 9.00	450 FB	58,50 F
$10.00	500 FB	65 F